世界最強の魔術師である少年は、魔術学院に入学する
氷剣の魔術師が世界を統べる
Mikoshiba Nana
御子柴奈々
Illust. Korie Riko
梱枝りこ
5

「あ～あ。またお前たちと同じとはなぁ……」
リディア＝エインズワース

「ま、腐れ縁ってやつか」
アビー＝ガーネット
「キャロキャロは嬉しいよぉ〜☆
みんなまた一緒だねっ！」
キャロル＝キャロライン

「……ししょう？」
「あぁ。そうだ。レイは弟子、だな！
これから私の全てをお前に教えてやろう！」

「……うん。わかった、ししょう」

コクリと頷く。

これこそが、リディアとレイの
師弟関係の始まりであった――。

レイ＝ホワイト

「レイっ！」
大きな声が聞こえたので、振り向いた。
すると自分の頬に温かい感触を覚える。
理解するのに一瞬だけ時間を要したが、
どうやら彼女の唇が
俺の頬に触れているようだった。
「えっと」
「ふふ。レイはお別れのつもりだけど、
絶対にボクはレイとまた会うよ。
これは運命だから」
オリヴィア＝アーノルド

CONTENTS

氷剣の魔術師が世界を統べる5

世界最強の魔術師である少年は、魔術学院に入学する

御子柴奈々

講談社ラノベ文庫

口絵・本文イラスト／梱枝りこ
デザイン／百足屋ユウコ＋石田隆（ムシカゴグラフィクス）
編集／庄司智

プロローグ　追憶の空

どこまでも深い闇。
俺は暗闇の中にいた。
何の変哲もない村に生まれて、家族と一緒に過ごしていたはずだった。
当時はまだ四歳で、家族との記憶がしっかりと残っているわけではない。
そんな中、後に極東戦役と呼ばれる戦争に巻き込まれることになった。
鮮明に覚えているのは——怒号と悲鳴。
そして、見渡す限りの真っ赤な世界。
人々が逃げる中、俺もただ無心に逃げることにした。
最後に両親は、俺を助けて目の前で死んでいった気がする。
その記憶も、もはや曖昧だった。
いやそれはきっと、俺の深層心理がそうさせているのだ。
あの時の記憶は決して思い出してはならないと。
そこから先、一人になった。
村の人間はどこに行ったのかも、誰が生き残っているのかも、分からなかった。
ただ一人、生きることに懸命になっていた。

幼いながらにも生存本能はあるのか、無我夢中に生きていた気がする。
呆然《ぼうぜん》と歩き続ける日々。
無慈悲に人の命が散っていくのは、当たり前だった。
目の前で人が消えていくのも、当たり前だった。
その時、思ったのだ。
この世界はあまりにも醜いと。
俺は生きるために心を閉ざすしかなかった。
そうしなければ、自分が自分でなくなってしまう気がしたから。
「あ……うぅ……あぁ……」
周囲は紅蓮《ぐれん》に染まりきっていた。
ただ一人、空を見上げるようにして大地に寝転ぶ。
空を見上げると広がっているのは紅蓮の空。
真っ赤な空の光が照らしつけてくる。
「あぁ……」
呻《うめ》き声を漏らすだけで精一杯。
それだけが、今の自分に許されたことだった。
この紅蓮の空の果てに何があるのか。
当時の俺は、まだ知る由もなかった――。

第一章　リディア＝エインズワースの軌跡

これは、リディア＝エインズワースたちがアーノルド魔術学院を卒業した直後のことである。

「あ～あ。またお前たちと同じとはなぁ……」

不満を言うように声を漏らすのは、リディアだった。

腰まである長い金色の髪を後ろに流しながら、彼女はそう口にする。

またその隣には、二人の女性が立っていた。

「ま、腐れ縁ってやつか」

「キャロキャロは嬉《うれ》しいよぉ～☆　みんなまた一緒だねっ！」

アビー＝ガーネット。

キャロル＝キャロライン。

アビーはこの日のために髪を短く切りそろえ、長さは肩に届くか届かないか程度。

一方のキャロルは、桃色の髪を高い位置でツインテールにまとめていた。

そんな三人は同じ服装をしていた。

紺《こん》を基調とした、装飾の多い服装。

縁《ふち》のラインは金色となっており、その豪華さは一見しただけでも理解できる。

それは軍服だった。

飛び級でアーノルド魔術学院を卒業した三人が、大学に進むことはなかった。

もともと大学への進学は期待されていたのだが、三人ともにアーノルド王国軍に入隊することになったのだ。

ちょうど今は、新しく設立される特殊部隊の説明を受けるために、三人はある一室に集まっていた。

「はぁ……それにしても、もう学生じゃないのか。色々と時間が経《た》つのは早いよなぁ」

リディアは感慨深そうに呟《つぶや》く。

リディア＝エインズワースの名を、魔術師の中で知らない者はいない。

魔術師としての頭角を現し、実力はすでに世界屈指と言われていた。

彼女は学生のうちに、聖級《グランド》の地位にたどり着いている魔術師だ。

次期七大魔術師候補でもある。

アビーとキャロルであっても、今はまだその下の白金級《プラチナ》の魔術師である。

もっとも、学生で金級《ゴールド》に至れば優秀な方なので、この三人は異常すぎるのだが。軍の中でも、三人の存在は既に大きく噂《うわさ》されているほどだ。

「だよね〜☆　キャロキャロも、そう思うよぉ〜」

「はぁ……アビーはともかく、このアホピンクも一緒とはな。こんなふざけた見た目に、ふざけた言動をしているのに魔術師として優秀とは世界がおかしいんじゃないか？」

「もうっ！　リディアちゃんってば、相変わらずキャロキャロに厳しいんだからっ！　ぷんぷん、ガオーッだぞっ！」

キャロルは猫撫《ねこな》で声《ごえ》で両手の人差し指を立てると、それを頭へと持っていく。

「まぁ、いいだろう。キャロルも大切な仲間だろう？」

「ま、そういうことにしてやるよ」

ニヤッと笑うリディアのその顔は、どこか人の悪い笑みを浮かべている。

そして、扉がノックされると入ってきたのは秘書の女性と、歳《とし》を重ねている男性の姿だった。

「すまない。少し会議が立て込んでしまってね」

物腰柔らかい人物だった。

そんな彼の名前は、ヘンリック＝ファーレンハイト。

真っ黒な髪を刈り込んでおり、体軀《たいく》はそれなりの厚みがある。

「いえ。私たちも先ほど到着したところであります」

冷静に応えるのはアビーだった。

「さて、まずは君たちの今後について話をしよう」

ヘンリックは三人に向かって彼女たちの今後についての話をする。

「特殊部隊の正式な設立は一年後。なので、その間は本来四年かける士官学校を、一年で修了してもらう。三人で共に過ごし、入隊のために励んで欲しい」

その話は初めて聞くものだったが、誰一人として表情を崩すことはなく、真剣に話を聞き続ける。

それに対してアビーが発言をする。

「発言。よろしいでしょうか」

「構わないよ」

「三人ともに同じ部隊に配属、という認識でよろしいのでしょうか？」

「うん。そうだね」

「なるほど。了解いたしました」

アビーが異論を唱えることはなかった。しかし、隣にいるリディアはどうやらそうではないようだった。

「はっ。私たちがあまりにも異常だから、一箇所に集めておこうって話じゃないのか？普通の部隊に配属されると、軋轢《あつれき》を生むのは間違い無いからな」

「おい。口を慎め。少佐の前だぞ」

「アビー。お前もそう思っているんだろう？」

「……思っているのと、口に出すのはまた違う話だろう」

その張り詰めた雰囲気をどうにかしようと、キャロルもまた会話に入ってくる。

「もうっ！　二人とも、そんな怖い顔しちゃダメだよ〜☆　笑顔、笑顔っ！」

キャロルは人差し指を唇の端に持っていって、ニコッと笑顔を作り出す。

「はぁ……少佐。あの三人は本当に大丈夫なのでしょうか？」

ヘンリックの隣に立っている秘書の女性が、ため息を漏らす。

髪は短く切り揃《そろ》えられており、メガネをかけている。

いかにも聡明《そうめい》な印象である。

「もちろん。将来を期待されているのは、間違いない。百年に一人の天才たちなのだから」

ヘンリックは軽く手を叩《たた》いて注意を自分の方へと向ける。

「エインズワースの言うことはもちろん分かっている。それに対して、答えを教えよう。答えは——イエスだ」

隣にいる秘書がギョッと驚いたような顔をするが、彼は話を続ける。

「はっきり言おう。王国軍は、君たち三人のことを多少持て余していると言ってもいいだろう。もともとは士官学校にすら入れずに、すぐに特殊部隊に配属すべきだと言う声もあったくらいだ。ま、そこはなんとか士官学校で学ぶ機会は与えることができたけどね」

彼の言葉は、少しだけ柔らかくなっていた。

「さて、話はここまでだ。一応、士官学校に関する資料を渡しておこう。また何か進展があれば伝えよう」

「はっ。それでは、失礼いたします」

アビーに続いて、リディアはだるそうに、キャロルは面白そうに敬礼をすると、三人はこの部屋を去っていくのだった。

◇

リディアたちはメディカルチェックなど所定の手続きを終えると、正式に士官学校へと入校することになった。

もちろん、そのことはすでに噂になっている。

なんでもアーノルド魔術学院で名を馳《は》せた天才たちがやってくる、と。

その話を聞いて歓迎するものは多くない。

どの時代であっても、目立つものはやはり疎まれてしまう。

「結局、私たちは同じ部屋か。あ、私はこっちのベッドを一人で使うからな！　お前たちは二人で仲良く上と下を分けて使え」

「キャロキャロは嬉しいよ～☆　よろしくね、リディアちゃん！　アビーちゃん！」

「……はぁ」

前途多難である。

士官学校の寮では四人一部屋になっているのだが、彼女たちは特別扱いということで、一部屋に三人で暮らすことになった。

「さて、さっそく訓練だ。遅れないようにしよう」

「おう」

「はいはーいっ！」

アビーが先導して、三人は外の演習場へと向かう。

演習場に到着すると、そこではやはり厳しい目線が三人に注がれる。ここにいるのはすでに士官学校で三年間過ごしてきた人間であり、残り一年で卒業となる。

そこに飛び級のような形で交ざってくる、三人。

しかも、つい数ヵ月前までは学生だったのだ。

面白くない、と思うのは当然のことだった。

「ほぉ……お前らが、スーパーエリートか」

圧倒的な巨軀《きょく》の男が、近寄ってくる。

茶色の髪を刈り込んでおり、リディアを鋭く睨《にら》み付《つ》ける。

「は？　お前は誰だ？」

臆することなく、リディアは言葉を発した。

「俺はニック＝アーデル。どうやら、テメェがリディア＝エインズワースのようだな」

「そうだが。ふふ。どうやら、私も有名人のようだ」

「ほざけ。ま、この訓練についてこれると思うなよ？」

緊張感の張り詰めた雰囲気だったが、男はそう言って去っていった。

「おいリディア。あまりことを大きくするなよ？」

「あ？　別に私からは何もしていないだろうが」

「お前、返り討ちにする気だっただろ？」

「へへ。わかるか？　いやー、学生の時は生半可な奴《やつ》しかいなかったからな～。こうして骨のある奴がいそうで、嬉しいよ。ククク……」

「はぁ……」

きっと何かやらかすに違いない。

アビーのその予感は、すぐに当たることになる。

入校して一ヵ月が経過。

その中でもやはり、一番目立つのはリディアだった。訓練においても、座学においてもトップの成績を収める。それも、圧倒的な差をつけて。

ある日のことである。

午前中の戦闘訓練が終わり、食事の時間となった。いつものように食堂にやってきて、同じメニューを頼む。

大体はカレーが多く、ここでは一番の人気メニューだ。

三人で席を取り、先にリディアが席についてカレーを頬張る。

「うん。美味《うま》いなっ！」

と、味わって食べていると、通り過ぎた人間の体が皿にぶつかってしまい、無残にもカレーが地面に落ちる。

「なぁ⁉　私のカレーがっ！」

「は。すまねぇな。でも、お前が悪いんだぜ？　俺の体が当たるような位置に皿があったんだからな」

「なにぃ？」

目の前に立っていたのは、ニックだった。

後ろには取り巻きの人間もいた。一目見て分かるが、全員が圧倒的な肉体を有している。

士官学校で何年も訓練を重ねているので当たり前ではあるのだが、ここにいるメンバーはその中でも特に優秀な者ばかりだった。

ニヤニヤと笑って、リディアを見下すような視線を送る。

もちろん、我慢するようなリディアではない。

「ふふ……フハハ！　お前、私の食事を台無しにした罪は重いぞ？」

「はっ。ならどうするんだよ」

一触即発。

この雰囲気は確実に、暴力沙汰になると周りの人間は理解していた。

気がつけば、周りの机と椅子は片付けられリディアとニックたちが対面する形になっていた。

このようなことは、士官学校では珍しいことではない。

特に教官の介入などもないことが普通である。

「どうやら、私とやりたいようだな」

「この一ヵ月。お前のことを見てきたが、お前の弱点はすでに見抜いている」

「ククク。それなら、やってみろ。ハンデだ。先に手を出してこいよ」

クイクイと手招きをするようにして、リディアはニックを煽《あお》る。

ニックは一気に距離を詰めると、リディアにタックルをして寝技に持ち込もうとする。

「お前は寝技が苦手だよなぁ？　知ってるぜ？　はははっ！　女だからといって、容赦はしないぜ？」

リディアは訓練の中でも、寝技をあまり得意としない……ように見せかけていたのだ。

いつかこの日が来ると分かっていたので、あえて得意なものを苦手なように見せかける。

腰にタックルをくらい床に押し倒された瞬間。

リディアはニヤァと笑みを浮かべるのだった。

「おいどうした。私は寝技が苦手なんだろ？　早くキメてこいよ」

「ぐっ！　こ、こいつ……っ！」

「お。魔術か？　いいぞ。上手《うま》く使えよ？　私もちょっとだけ本気を出してやるよ」

「ほざけ……」

刹那。

ニックの体が消える。

内部《インサイド》コードを発動して、一気に加速したのだ。

だが、リディアには通用しない。彼女はあっという間に組み伏せると、その後も次々とやってくる男たちをなぎ倒していった。

その実力差は、誰が見ても明らかだった。リディア＝エインズワースは本当の天才である、この揉《も》め事《ごと》を見た人間は誰もがそう思った。

「ふ。こんなものか」

こうしてリディアは、実質的にこの士官学校でトップの存在になるのだった。


士官学校に入校して、ちょうど半年が経過した。

軍の上層部には、三人に関して懐疑的な人間ももちろんいた。残りの半年は実地での訓練になるので、実質的にはたった半年になる。そのような短い期間で、士官学校のカリキュラムを修了できるわけがないと。

だが、彼女たち三人は、そこで無事に課せられたカリキュラムをこなすことができた。

座学、身体能力、魔術。その三点において、三人は基準を十分に上回っていたのだ。

「なるほど。三人とも、無事に士官学校でのカリキュラムは終えることができそうか」

ヘンリックは自分の書斎で送られてきた資料を眺めていた。

その隣にはいつものように秘書の女性が立っているが、少し驚いたような表情をしている。

「これがあの三人の成績ですか」

「あぁ。教官たちにも話を聞いているが、嘘《うそ》はないはずだよ」

驚くのも無理はない。

彼女たち三人は、予想の遥《はる》か上をいく成績を収めていたのだ。リディアに関して言えば、そのほとんどが満点と記録されている。

にわかには信じ難《がた》いことである。

「エインズワースは座学、身体能力、特に魔術に関しては完全に満点ではないですか。噂には聞いていましたが、ここまでとは」

秘書の彼女もまた、士官学校を経験して今の地位にたどり着いている。だからこそ分かるのだ。リディアのその異常性が。

「僕としては、当然のことと思っているけどね。リディア＝エインズワースはこちらの見込み通り、最高の天才であることに間違いはなさそうだ。それに、他の二人も十分すぎるほどだ。きっと三人ともに次期七大魔術師になるだろう」

アビーとキャロルもまたリディアには少しだけ劣るが、基準を十分に上回る成績を収めている。リディアの存在によって霞《かす》んでしまってはいるが、この二人もまた天才であることに変わりはないのだ。

「正直言って、アビー＝ガーネットに関しては、驚きはありません。彼女はそもそも、性格が真面目で軍人気質です。カリスマ性もあります。しかし、キャロル＝キャロラインは……」

言《い》い淀《よど》む。

リディアとは別の意味で、キャロルの存在は士官学校では有名だった。

自由奔放な存在が色々と反感を買うのは当然なのだが、教官側はすでに注意するのも諦めている。それは、キャロルが一向に態度を変えることはないからだ。

ただし、キャロルはそれを撥《は》ね返すだけの成績を収めている。

特に座学に至っては、かなりの成績だ。ほとんど満点であり、そこに関してはリディアを上回ることもあるほどだ。

「キャロラインは色々と言動に難ありだが、彼女は非常に聡明だ。将来的には作戦指揮を任せようかと思っている」

「新部隊の話ですか？」

「あぁ。すでに人員は集められている。後はこれから合流して、半年後の正式な発足を目指すことになる」

「確かに他のメンバーも優秀ですが、軋轢を生むことはないのでしょうか」

「ま、そこは僕がフォローしよう。これでも少佐だからね」

ニコリと微笑《ほほえ》みを浮かべる。

ヘンリックは楽しみにしていた。

リディアたち三人と他の精鋭たちが加わることによって、新部隊がどうなっていくのかを。

◇

その後、無事に実地訓練を修了し、全てのカリキュラムをこなしたリディアたちは、新部隊に配属されることになった。

リディアたちは一年前と同様に、ヘンリックの部屋へと集まっていた。

今日はちょうど、新部隊のメンバーが全員集まる日だからだ。

「よし。全員集まったね」

集まったメンバーは、リディアたち三人に加えて、男性二人だった。

「まず、君たちの配属は特殊部隊——特殊選抜部隊《アストラル》になる」

「特殊選抜部隊《アストラル》、ですか？」

それはアビーによる問いかけだった。名称に関しては初めて聞くので、思わずそう声に出した。

「そうだね。星を意味するものだ。僕が考えたんだ。かっこいいだろう？」

「あ、あはは……そうですね」

彼のセンスに苦笑いをするアビーだが、リディアとキャロルは違った。

「特殊選抜部隊《アストラル》ッ！　やばい、マジでかっこいいぞ！　まるで輝く私のようだなっ！」

「うんうん！　私たちにはぴったりの名前だねっ！」

どうやら根本的にこの二人とは価値観が合わないのだと、アビーは再認識する。

その後、各自が自己紹介をすることに。

「私は、フロール＝コーレイン。よろしくね」

いつもヘンリックの秘書として側にいた彼女も、特殊選抜部隊《アストラル》所属になる。

「次は俺だな。デルク＝アームストロング。よろしくな」

「でかいっ！　めっちゃでかいなっ！」

士官学校に入って、体格の良い人間は見てきたつもりだった。しかし、リディアの前に立っているデルクは彼女が出会ってきた中でも一番の肉体を誇っている。

身長が高いのは生まれつきだろうが、この鋼のような筋肉は間違いなく後天的な努力によるもの。彼の努力の足跡を見て、リディアは感嘆の声を上げる。

「ふふ。この筋肉の良さがわかるのか？」

デルクは二カッとトレードマークの白い歯を輝かせると、上腕に思い切り力を入れる。

するとその部分は非常に大きな力こぶが出来上がる。

リディアはそれを見て、さらに目をキラキラと輝かせるのだった。

「うおおおっ！　スゲェ！　なんてやばい筋肉なんだっ！」

「ふ。しかし、エインズワース。お前もいい筋肉をしているようだな」

「何？　わかるのか？」

「もちろんだ。非常に鍛え抜かれている」

「ふふふ。よく分かっているな。私も男だったら、筋肉モリモリのマッチョマンになりたかったんだけどなぁ～」

筋肉談義に花が咲く。

この二人はどうやら相性がいいようで、すぐに打ち解ける。

「俺のことはデルクで構わねぇ。筋肉を愛する者同士、よろしくな」

「私もリディアでいいぞ！　よろしくな、デルク！」

「最後は自分ですね」

次に口を開いたのは、もう一人の男性だった。

その甘いマスクから女性人気はかなり高い。実際に、軍の中には彼のファンがいるとかいないとか。

全体的に爽やかな印象であり、彼は前に出てくると自己紹介を始める。

「ハワード＝ケネットであります。と、堅いのはここまでだな。俺のことは気安く、ハワードと呼んでくれ。そこの天才三人も、それで良いぜ？」

微笑を浮かべて、その白い歯が輝く。

この部隊の男性の中でも、ハワードは爽やかという一点に尽きる。

キャロルはハワードの笑みを見ると、その場でぴょんぴょんと飛び跳ねる。

「うわ～っ！　めっちゃイケメンだねぇ～☆　私はキャロキャロキャロだよ～☆　よろしくね、ハワードちゃんっ！」

「年下に、ちゃんづけされるのか。しかし、それもよし！　ははは!!」

ハワードはキャロルの態度に、笑って応じる。この二人の相性は、それなりに良さそうだった。

「ふむ。いい筋肉だ。悪くない」

リディアもどうやら、筋肉的観点からハワードのことを気に入ったらしい。

「良かった。真面目そうな人が多くて……」

アビーはボソリと声を漏らす。

どうやら、リディアとキャロル以上の変人がいなくてホッとしているようだった。

「では、これからはこの部隊でさまざまな任務をこなしていく。全員、よろしく頼むよ」

『はっ！』

全員がヘンリックに向かって敬礼をする。

ついに、特殊選抜部隊《アストラル》が本格的に始動することになった。

◇

それから数年。

特殊選抜部隊《アストラル》はさまざまな任務をこなしてきた。

偵察、斥候《せっこう》、突入任務。実戦を含めてありとあらゆる経験を、全員が積んできた。

少数精鋭かつ、魔術戦で敵に劣ることなどありはしなかった。

この部隊は、王国にとってなくてはならないものになっていた。

「酷《ひど》いな。これは……」

現在、特殊選抜部隊《アストラル》は最も紛争の激しい、極東へとやって来ていた。

極東にある小さな国では、魔術による紛争が激しく行われているという。

特殊選抜部隊《アストラル》は正式に依頼を受けて、入国。

場合によっては武力行使によって鎮圧するという話にもなっていたが、そこにあったのは見渡す限りの焼け野原だった。

「炎系の魔術か……」

そんな中、リディアは急に駆け出した。

「おい、リディア！　どうしたんだっ！」

アビーの声を無視して、彼女はそのままこの焼け野原を疾走する。

他の隊員の声を聞くこともなく、一心不乱に進んでいく。

――間違いないッ！　生きている人間がいるッ！

リディアが微《かす》かに感じた兆候は、確実に生きている人間から漏れ出した第一質料《プリママテリア》だった。

そして、リディアは呻《うめ》き声を漏らしている小さな子どもを発見した。

「おいッ！　大丈夫かッ！」

「う……うぅ……」

体はボロボロで、今にも死にそうな状態であるのは一目で理解できた。

彼女はすぐに、治癒魔術を施す。

すると少年は呼吸が安定してきたのか、一命は取《と》り留《と》めたようだった。

「リディア。その子どもは？」

「唯一の生き残りらしい。ここにいる気配がしてな。間に合ってよかった」

その後、部隊の全員が集まりその少年を保護することになった。

これこそがリディア達《たち》とレイの出会いだった――。


「なにぃ？　この国で保護ができないだと？　そんなバカな話があるのか」

「あるみたいだ。どうやら今回の件、こちらが思っているよりも根が深いようだ」

数日後のことである。

少年はしばらく眠り続けていた。

そして、少年を助けた特殊選抜部隊《アストラル》隊員たちは、ある問題に直面していた。

「なんでも、少年がいた村は特殊な環境だったらしい」

「特殊な環境？」

現在は他の隊員が別の任務でいないため、この国にある駐屯基地でリディアはアビーの話を聞いていた。

「呪われた村」

アビーはボソリとその名称を呟く。

「呪われた村だと？」

「あぁ。なんでも、儀式を行って神を降ろすとかなんとか。それに、奇妙な事件が村の近くで多発していたらしい」

「なるほどな」

いろいろと気になることはあったが、リディアは深く追及しなかった。

「で、結局のところあの少年はどうするんだ？」

「こちらで引き取る手続きはすでに終了している。王国の孤児院への手配も進行している最中だが、状況が状況だからな。すぐに向こうに送るのは難しいだろう」

「そうなるよな。ということは、しばらくは私たちで保護するのか？」

「あぁ。幸いなことに、この周囲の紛争自体は鎮静化しつつある。それに、前線に出ないキャロルや少佐も面倒を見てくれるという話だ」

その話を聞いて、リディアはホッと胸を撫《な》で下《お》ろした。

「よし。じゃあ、あの子どもの様子でも見てくるか」

「言うのが遅れたが、意識は戻っているそうだ」

「何？　それを早く言えよっ！」

と、軽く怒鳴りつけるリディアだが、アビーの表情が暗いことに気が付く。

「何かあったのか……？」

真剣な声音でリディアは尋ねる。

「きっとあの少年はあまりにも凄惨な光景を目の当たりにしたに違いない。あの現場は見ただろう？　あそこに長い間、一人でいたんだ。心を閉ざすのは、無理もないだろう」

「分かった。とりあえず、様子を見にいく」

そうしてリディアがその少年が休んでいるという部屋に向かうと、すでにキャロルが彼に話しかけていた。

「あのね。お名前はなんていうのかな？」

「……」

「自分が何歳とか、分かるかな？」

「……」

ベッドから体を上半身だけ起こして、彼は呆然《ぼうぜん》としていた。目は開いているし、呼吸もしているようだ。容体自体は安定している。

キャロルは優しい声で、ゆっくり声をかけている。

彼と目線を合わせて、じっくりと対話をすることを試みているようだった。

「キャロル」

「リディアちゃん」

「容体は？」

「安定してるよ」

「じゃあ……」

「うん。私の声だけじゃない。他の人の声にも、全く反応がないの」

リディアが近づいていく。

その少年はあまりにも痛々しい姿をしていた。

瞳にはまるで暗闇しか映っていない。

体からも生気を感じることはできず、ただじっと虚空を見つめているだけだった。

「お前、名前はなんて言うんだ？」

尋ねる。

リディアもまた、自分の声に反応がないことは分かっていた。

やはり、彼から返事が返ってくることはない。

「どうやら、ダメみたいだな」

「うん。でも、私がちゃんと面倒を見るよ。だって、ひとりぼっちなんて……あんまりだよ」

キャロルは少しだけ涙声になっていた。

「今のところ、私にできることはないな。キャロル、あとは任せた」

「うん。またね、リディアちゃん」

と、少年のもとを去ろうとした瞬間だった。

リディアは後ろから軍服を掴《つか》まれ、驚き振り返る。

呼び止めるのならば、声をかければいい。

ならば彼女を静止させたのは誰なのか、それは——。

「……レイ」

「喋《しゃべ》った……！」

思わず、キャロルが声を上げる。

小さな声が二人の耳には届いた。リディアはすぐに腰を下ろして少年と目を合わせると、もう一度尋ねることにした。

「名前、レイっていうのか？」

「……うん」

依然として表情は暗い。それにその瞳も闇に染まり切っている。しかし、リディアに対してはなぜか名前を答えた。

「年齢は分かるか？」

「……五歳」

「そうか。ありがとう」

ギュッと優しく包み込む。そうすると彼は疲れが残っているのか、眠りについてしまった。

「名前はレイ。年齢は五歳、か」

「リディアちゃんのこと覚えていたのかな？」

「助けた時の記憶か？」

「うん。だから、答えてくれたのかなって」

キャロルの問いに明確な答えなど持ち合わせてはいないが、彼女はその可能性もあると思っている。

ともかく、彼の名前と年齢が分かった。それだけでも大きな進歩なのは間違いない。

「そうかもしれないな。ともかく、このことは報告してこよう。それにしばらくはうちの部隊にいるんだろう？　色々と準備しないとな」

「うんっ！」

レイが心を開くまでまだまだ時間はかかりそうだったが、リディアたちにはかすかに希望の光が見えていた。

それからまた数日後。

「おーい、レイ。遊びに来てやったぞー！」

そう言って室内に入ってくるのは、リディアだった。

彼の名前はレイ。

年齢は五歳。

結局、それしか情報は分からなかった。

ファミリーネームの方を聞いても、覚えてないとボソリと呟くだけだったからだ。

それ以外の情報はあえて訊《き》かないようにしている。やはり、彼のメンタル面を考えてのことだった。

あの時のことを思い出しては、辛《つら》い思いをするだけだからだ。

すでに調べはついているが、あの村の人間は全員が死んでいた。

つまりは彼の親族も全員死に絶えているということだ。

その事実をすでに理解しているのかは分からないが、今はそっとしておくべきだろうという判断になった。

現在はこの小国への派遣任務も終わりに近づき、彼を連れて王国に戻る予定である。

その後は孤児院に預けるのか、または養子を欲しがっている家に渡すのか、そこはまだ決めかねている段階だ。

「ん？　キャロル。何してたんだ？」

「ふふんっ！　キャロキャロだって、レイちゃんに好かれてるもんねっ！　今日は絵本の読み聞かせをしてたんだよっ！」

「そうか」

ふっと優しい笑みを浮かべる。

この部隊において、レイのことを一番親身に面倒を見ているのはキャロルだった。

初めはリディアにしか反応を示さなかったのだが、今はキャロルの声にも反応するようになっている。

「ねね。レイちゃん。私の名前、言えるかな？」

ニコッと微笑みかけて、彼に自分の名前を言ってもらうように促してみる。

するとレイは、ボソリと小さな声でキャロルの名前を呼んだ。

「……キャロル」

「あ、あれ〜？　お、おかしいな〜？　キャロキャロって呼んでもいいよ〜、って言ったのにな〜？　ねね。レイちゃん。キャロキャロって呼んでみて〜？」

その愛称を自分でも気に入っているのか、キャロルはもう一度レイにそう念押ししてみる。

だが、レイは同じ返答をするだけだった。

「……キャロル」

一連のやり取りを見て、リディアは腹を抱えて笑い始める。

「ククク……くはははっ！　レイ、キャロルの扱いを分かっているじゃないかっ！」

笑い声はこの室内に響き渡る。

キャロルとしては面白くないのか、ぷくーと頬を膨らませる。

「もうっ！　リディアちゃんは笑い過ぎだよっ！　全くもうっ！」

怒っているような素振りを見せているが、キャロルもこの雰囲気が好きだった。そして、二人はふと気が付く。

レイが微笑んでいるような気がしたのだ。

「あ、今笑ったよねっ！」

「あぁ。私にもそう見えたな」

「……」

表情はすぐにいつものように暗いものに戻ってしまう。

「よし、レイ。今日は私の武勇伝を聞かせてやろう」

リディアは椅子を持ってくると、レイの側に座る。

ここ数日、リディアはずっと自分の武勇伝を語っている。

彼女が話せる面白いことはそれしかない、という理由もあるのだが……レイはリディアに関しては反応がいいのだ。

そして今日もまた、リディアは自分の武勇伝を語る。

◇

「さて、彼の件だがどうしようか」

特殊選抜部隊《アストラル》の全員が、一堂に集まる。

レイの扱いをどうすべきか。

王国に帰る日が近づいていることもあって、決定する日がやってきた。

レイが特殊な第一質料《プリママテリア》を保有していることは、既に部隊メンバーには共有されている。

このままいけば、研究施設に預けられることになるだろう。

「エインズワースはどうしたい？」

ヘンリックから声をかけられる。

「私は――」

非情な判断になるかもしれないが、研究施設に預けたほうがいいかもしれないとリディアは考えることもあった。

彼女の視界の端にはレイの姿が映る。

扉の陰からじっと、リディアのことを見つめている。

最近は寝ていることが多かったのだが、歩けるようになっているのは知っていた。

きっと、いつもの場所に誰もいないから一人で歩いてここまできたのだろう。

「レイ……」

リディアはゆっくりと歩いて、彼の元へと近づいていく。

レイもまたそんなリディアの姿をただじっと見つめていた。

他のメンバーも咎《とが》めることはなかった。

二人の雰囲気は決して邪魔できるものではなかったからだ。

「レイ。お前はこれからどうしたい？」

「……」

レイと視線を合わせるようにして腰を下ろし、尋ねる。

返答がすぐに返ってくることはなかった。

「話、聞いてたんだろう？」

「……ぃ」

微かな声が漏れる。

そして、レイはギュッとリディアの袖を掴む。

「……いっしょにいたい」

それは初めて彼が言った自分の想《おも》いだった。

リディアにとって、理由はそれだけで十分だった。

「少佐。彼の面倒は、私が見ることにします」

「エインズワース。分かっているのかい、その意味を？」

ヘンリックは鋭い視線でじっとリディアのことを射貫《いぬ》くが、彼女の覚悟に変化はなかった。

「はい」

「それだけの価値が彼にあると？」

「あります。だからこそ、私が正しく導く必要があると思っています」

いつになく真剣な様子で彼女は話を続ける。

瞳は決して揺らぎはしない。

直感が告げているのだ──レイを正しく導くべきであると。

「分かった。任務に影響が出ない範囲であれば、引き取ることを許可しよう」

その言葉を聞いて、すぐに反応したのはキャロルだった。

「うわあああああああん！　よかったよおおおっ！　レイちゃんはずっと一緒だからねえええっ！」

「キャロル！　お前は邪魔だ！」

その後、リディアは再びレイに話しかける。

「お前はこれからも、私と──いや。私たちと一緒だ」

「……いっしょ？」

ニコリと優しい笑みを浮かべるレイの姿を見て、ここにいる隊員全員が心を打たれる。

過酷な戦場でただ一人だけ生き残った少年。

心を開くことは、もっと先だと。いや、もう開くことはないのかもしれないと思っていた。

しかし、彼は笑ったのだ。

「よし！　ということで、私は今日からお前の師匠だなっ！」

リディアはニカっと白い歯を見せる。

「……ししょう？」

「あぁ。そうだ。レイは弟子、だな！　これから私の全てをお前に教えてやろう！」

「……うん。わかった、ししょう」

コクリと頷《うなず》く。

これこそが、リディアとレイの師弟関係の始まりであった——。

第二章　レイとの生活

レイの面倒は主にリディアが見ることになり、他の隊員もそれに付き合うことになった。

ちょうど現在は、紛争も少しだけ収まってきたということもあって休暇が与えられた。

今まではずっと紛争地帯に赴いての実戦が多かったのだが、ちょうどいい機会ということで、リディアたちはレイとの生活を本格的に始めることに。

「レイ。これからよろしくな」

「……」

リディアは軍から用意された寮ではなく、新しく家を借りた。

すぐ隣の部屋には、キャロルとアビーもいる。

「……うん」

現在はリディアとレイの二人きり。

この状況でどのようにすべきなのか。

リディアはあれから、子育てや教育に関しての書籍を読《よ》み漁《あさ》り、姉の話を聞いていた。

彼女が選択したのは——。

「まずは体を動かす事だなっ！」

そう結論付けた。

リディアはレイの手を引いて外へと出ていく。

「レイ。外に行こう」

「……うん」

リディアは、この子どもは自分が導くべきだという使命感に駆られていた。

レイにはなぜか、親近感を覚えるから。

「それにしても、暑いな」

「……」

手を引いて歩いていく。二人が目指しているのは、近くにある小さな森だった。

森の中に入ると、木漏れ日が二人を照らしつける。

「よし、レイ。キャッチボールをするぞ」

「……？」

きょとんと首を傾《かし》げる。

レイはいまいち理解していないようだった。

リディアは背負っていたバックパックから二人分のグローブとボールを取り出す。片方は大人用で、もう片方は子ども用だ。

「キャッチボールは、相手にボールを投げて受け取る。それで今度は逆に受け取った奴《やつ》が投げる。簡単だろ？」

「……うん」

コクリと頷《うなず》く。

レイは手に小さなグローブをはめて、ジッとそれを見つめる。

「よし。ちょっと離れるぞ」

リディアはレイから距離を取ると、ボールを持っている手を掲げる。

「よーし！　投げるぞー！」

いつもは全力で豪速球を放るリディアだが、今回は軽く下からレイに向かってボールを投げた。

レイは難なくボールをキャッチすると、すぐにポイッとボールを投げ返した。

レイのフォームはとても綺麗《きれい》なものだった。

「レイ。キャッチボールしたことあるのか？」

「……」

首を横に振る。

レイはスポーツの類いの経験は一切ないはずだというのに、今の一連の動作はかなりスムーズだった。

「よし！　もうちょっと強く投げてこい！」

レイはリディアの言葉通り、強くボールを投げてみることにする。

キャッチボールの経験はないが、レイは学習しつつあった。

リディアの綺麗なフォームを完璧にコピーする。

レイは左脚を高く上げると、右腕を思い切り振り抜いた。

次の瞬間にはバンッ！　と音を立ててリディアのグローブにはレイの球が収まっていた。

「……まじか？」

リディアはグローブをじっと見つめて、その後にレイを見つめる。

彼はただ、いつものように無表情で立ち尽くしていた。

その様子からするに自分が何をしたのか、全く理解していないようだった。

「いや、今のは百キロ超えていたような……？」

おおよそ、この歳《とし》の子どもが投げるような球ではない。

――どうやら、魔術による身体強化を無意識にしているようだな。

そう考えなければ、今の投球はあり得ない。もともと魔術に対する適性はあるだろうと思っていた。

もちろん、その才覚がこのキャッチボールで分かるとは、夢にも思っていなかったのだが。

「よし。レイ、今度は私がちょっと速い球を投げる。捕れるか？」

「……うん」

コクリと頷く。

そして、リディアは少しだけ球を速くして投げてみた。

レイはそれを難なくキャッチ。

それから幾度となく繰り返し、気がつけばほぼ本気でリディアはレイに球を投げ込んでいた。

「うおりゃあああああっ！」

雄叫《おたけ》びが森に響いた瞬間、バンッ！　という音がレイのグローブから聞こえてくる。

今の球速は百四十キロを超えていた。身体強化なしでリディアにできる最高の球速。

その球をレイはまるで当たり前かのようにキャッチした。

ポイッとリディアに返球をすると、もう一度グローブを構える。

無表情ではあるのだが、レイはどこか楽しそうだった。

「ははははっ！　よし、次は変化球をいくぞっ！」

「……うん」

その後。二人は日が暮れるまでキャッチボールをするのだった。

いや、途中からは間違いなく、リディアのピッチングになっていたのだが。

「おい、リディア！　その姿はどうしたっ！」

「え……いや、べ、別になんでもないぞ？」

追及されて明らかに動揺しているリディア。

自宅に戻ってくると、ちょうどアビーとばったりと出くわしてしまったのだ。

レイとリディアは汗でドロドロであり、少しだけ土で汚れている。

特にレイには無茶な捕球をさせていたので、かなり汚れている。

「明らかにおかしいだろうっ！　まさか、レイに何かしたのかっ⁉」

「いや……その。一緒に遊んだだけだぞ？」

「遊んだだけだと⁉　本当なのかっ！」

ギュッとレイを抱きしめると、アビーはリディアをきつく睨《にら》みつける。

「やほやほ～☆　キャロキャロが来たよ～って……あれ？　どうかしたの？」

いつもの調子でやってきたキャロルは、異変に気が付く。

今はちょうど、リディアは正座をさせられており、アビーが怒りの形相でリディアを睨んでいる最中。

レイはといえばただ無表情のまま、その様子を見ていた。

「キャロル。ついにリディアがやらかした。どうやらレイに無茶なことをさせたらしい」

「だからっ！　レイも楽しんでいたんだぞ！　ほら、本人に聞いてみろっ！」

あまりにも迫真な様子でそう声をあげるので、アビーはレイに話を聞いてみることにした。

「レイ。リディアと遊んだのか？」

「……うん」

レイはコクリと頷く。

「泥だらけだが、何かあったのか？　大丈夫なのか？」

「……」

ボソリと呟《つぶや》く。

聞こえなかったので、アビーはもう一度尋ねてみることにした。

「レイ。もう一度言ってもらっていいか？」

「……キャッチボール」

「キャッチボールをしたのか？」

「……うん」

レイはそう答えるだけで、あとはいつものように話さなくなってしまった。

「どうやらリディアの話は本当のようだな」

「嘘《うそ》は言ってないって！　だから早く解放してくれ！」

「で、どんなキャッチボールをしたんだ？」

「えっと。それは……」

アビーは長年の付き合いだからこそ、リディアのことはよく分かっていた。

「いや、別に普通だぞ？」

「お前まさか、本気で投げてないだろうな？」

「いや、ちゃんとセーブしたぞ！　まぁ、最後はちょっと全力で投げていたが」

「全力!?　お前の全力のボールを、レイに捕らせていたのかっ！」

「だ、だって！　レイの身体能力はすごいんだぞ！　私のボールを難なくキャッチするんだ！　そりゃあ試したくもなるだろうっ！」

アビーがさらに説教をしようとすると、袖がくいくいと引かれる。

アビーを見上げるようにして、レイがその場にいた。

「……しょう。わるくない、よ……いっぱいあそんでくれた……」

ぎこちない言葉だった。表情も淡々としていたが、一生懸命話しているのだけは、すぐに伝わった。

「レイちゃんっ！　うわあああ、もうっ！　本当に可愛《かわい》いんだからっ！」

と、そんなレイの様子を見たキャロルはギュッとレイに抱きつく。

豊満な胸で彼の顔を包み込む。

レイは特に反応を示すことはなかったが、ただじっとアビーのことを見つめていた。

まるで、もうリディアのことは怒らないでほしい——と訴えているような瞳だった。

「ふぅ。リディア」

「な、なんだ？」

本気でキレるアビーには頭が上がらないので、正座のまま彼女の様子を窺《うかが》うリディア。

「レイに免じて、今日は許してやろう」

「そ、それは助かる」

「ただしっ！　今後は私も付いていくからなっ！」

レイはといえば、ずっとキャロルのおもちゃにされていたのだが、その視線はリディアのことを見つめていた。

「レイちゃん。痒《かゆ》いところはない？」

「……うん」

浴室には、キャロルと一緒に入浴しているレイがいた。

キャロルはニコニコと微笑《ほほえ》みながら、レイの体を綺麗にしていく。

「よし！　じゃあ、お湯に浸《つ》かろっか」

「……うん」

浴槽へと入る二人。

レイはキャロルの膝に乗るような形で、ゆっくりとお湯に浸かる。

キャロルは優しくレイの頭を撫《な》でる。

「レイちゃん。今日は楽しかった？」

レイはコクリと小さく頷く。

「キャッチボールしたの？」

「……うん」

「そっか。それはよかったね」

それ以上、キャロルが何かを聞くことはなかった。

ただ優しくレイのことを撫で続けるのだった。

風呂から上がると、待っていたのはアビーだった。

「よし。レイ、今日はちょっと勉強をしよう」

「……わかった」

アビーは、メガネをかけて髪の毛をポニーテールにまとめていた。

彼女の手には書籍があった。アビーはそれをテーブルに広げると、レイに座るように促す。

「レイ。読み書きはできるのか？」

「……」

首を横に振る。

「よし。では、私が今後は教えよう。大丈夫だ。リディアと違って、私は優しいからな」

「……うん」

レイはアビーに読み書きを教えてもらうことになった。

そこでアビーは驚いたのだが、レイは異様に飲み込みが早いのだ。

身体能力の高さはリディアの話である程度は把握しているが、こんなにも賢い子どもだとは思ってもみなかった。

「レイ、すごいな。全部正解だ」

「……これ、かんたん」

鉛筆でトントンとページを叩《たた》く。

レイはすぐにある程度の読み書きを覚えてしまった。

「次は算術でもしようか。計算は大人になるには必要だぞ？　計算ができないと簡単に騙《だま》されてしまうからな」

「……がんばる」

その後も、アビーはレイに優しくいろいろなことを教えていくのだった。


リディアたちがレイと過ごすようになって、数ヵ月が経過した。

「レイ！　元気だったか？」

泊まり込みの任務から帰ってきたリディアが、レイに声をかける。

「……うん」

リディアは一息つこうとソファーに身を投げる。

もちろん、衣服や荷物は床にばら撒《ま》いている。

すると、レイがテキパキと彼女の衣服や荷物を片付け始めた。

「？　どうした。急にそんなことをして」

「……だめ？」

「いや。非常に助かるが……」

はっきり言って、リディアは家事などに関しては絶望的だ。

天才ではあるが、非凡なのは魔術、身体能力、頭脳の三つ。

基本的な人間が備えるべき常識というものは大きく欠如している。

だからこそ、この家も散らかっている……はずだったのだが、気がつけば妙に綺麗になっているのだ。

「レイ。もしかして、家の掃除してるのか？」

「……うん」

コクリと小さく頷く。

それを聞いて、彼女は諭すように話を続ける。

「レイ。別に無理しなくてもいいんだぞ？　私がやる……のはまぁ、ちょっと大変だが、アビーや姉さんに頼んでもいい。お前が無理にやる必要は——」

と言いかけると、レイはリディアの袖を軽くつまんで首を横に振った。

そして、ボソリと小さな声で自分の意見を述べる。

「……師匠に迷惑かけてるから。これぐらいは、したい……」

「レイ……」

まさかそんなことを考えているとは夢にも思っていなかった。

リディアは理解した。レイはとても聡明《そうめい》で、年齢以上に色々なことを理解しているのだと。

「よし！　今日は一緒に風呂に入るかっ！」

「……うん」

リディアはレイを連れて一緒に浴室へ向かうことに。

浴槽には、既にお湯が張ってあった。

「って、あれ。風呂にお湯でも張ろうと思っていたが、もしかしてレイがやってくれたのか？」

「……うん」

「そうか。ありがとう、レイ」

わしわしと頭を撫でる。レイは特に表情を変化させることはなかったが、少しだけ満足そうに微笑んでいるような気がした。

「……師匠。せなか、流す」

「おぉ。それじゃあ、頼む」

「……うん」

レイはタオルをごしごしとリディアの背中に擦《こす》り付《つ》ける。程よい強さであり、リディアはそのままそれを受け入れる。

初めて出会ったときは同情している側面の方が多かった。

しかし、それからレイと過ごすようになって彼のことが少しずつ分かってきた。

レイは聡明で、とてもいい子どもだと。

リディアが同じ年齢の時は走り回って、傍若無人に過ごしているだけだった。

「レイ。しばらくはこっちにいるが、何かしたいことはあるか?」

一緒にお湯に浸かる。小さなレイを膝に乗せると、リディアはそう尋ねた。するとレイは、しばらく間を置いてこう答えた。

「また……一緒に、遊びたい」

「そうか。じゃあ、また外に行くか!」

リディアは再び、レイの濡《ぬ》れている頭をわしわしと撫でるのだった。

◇

「それでガーネット少尉。レイの調子はどうだい?」

「は。資料にまとめましたので、報告いたします」

ヘンリックの書斎へとやってきていたアビーは、レイの動向を伝えていた。

軍の方も、レイをただ善意で保護するつもりはなかった。

特殊選抜部隊《アストラル》――その中でも、主にリディアが面倒を見ることを許可しているのは、別の目的があるからだ。

「お手元の資料にあるように、運動センスは抜群のようです。リディアはレイの能力を測るためにそうしているわけではないようですが。おそらくは、無意識のうちに内部《インサイド》コードを働かせていると」

「ふむ。ん？　これは全て事実なのかい？」

「は。私も初めはリディアが誇張しているだけと思っていましたが、実際にこの目で見てきた事実を報告書にまとめております」

「これは、なんというか」

ヘンリックは改めて資料に目を通す。

そこにはおおよそ、あり得ないことが書かれている。

圧倒的な身体能力と聡明な頭脳。

五歳の子どもとは考え難《にく》い、ズバ抜けた能力の数々。

アビーは、リディアとレイについて語り始める。

◇

ある日のこと。

リディアは魔術協会の本部に呼ばれることになった。

すでに事前通達はあった。

彼女のもとに、正式に七大魔術師に指名したいという手紙が、ついにやってきていたのだ。

特殊選抜部隊《アストラル》で数多くの経験を積み、魔術はさらに磨きがかかっている。

すでに純粋な魔術戦闘ならば、彼女の右に出るものは世界にもいないだろう。

「ここも久しぶりだな」

リディアが協会内に入ろうとした瞬間、そこでばったりと見知った人間と出くわす。

「リディアさんですか？」

「マリウス。奇遇だな」

リディアの前にいたのは、長髪の男性。

胸まである栗色《くりいろ》の髪を、そのまま下ろしている。

顔つきは女性にも思えるが、実際は男性である。

そんな彼の名前は、マリウス＝バセット。

別名——

「で、燐煌《りんこう》の魔術師がどうしてこんなところに？　暇なのか？」

「リディアさんを迎えにきたんですよ。会長に頼まれたので。ここで出会えたので、その仕事ももうありませんが」

「そんなことをしなくても、私はやってくるというのに」

「そうは言いますが、今までは誘いを無視するのが普通でしたよね？　それに今日は珍し

く お早い行動で」

「う……うぐ。そうだな」

マリウスはリディアの苦々しい表情を見て、微笑みを浮かべる。

二人の付き合いは、割と長い。

マリウスはアーノルド魔術学院の教師である。

そこで彼は、四年間リディアたちの担任をしていた。

リディアとの付き合いはその四年間の中で、かなり濃いものだった。

彼女としても、マリウスは知り合いの中でも数少ない、頭の上がらない人間なのである。

「いいですか。あなたももう、七大魔術師の一人になるのです。学生のような言動では、ダメですよ。最近は軍の方では落ち着いたと聞きましたが、リディアさんはいつも——」

「うがあああっ！　やめろおおっ！　こんなところでお前の説教を聞いている場合じゃないんだっ！」

取り乱すリディアを見て、マリウスは依然として笑みを浮かべたままだった。

「ふふ。冗談ですよ。ちょっと懐かしくて、からかっただけです」

「はぁ。お前は昔からそんなやつだったな」

マリウスは、昔から分かっていた。

リディア＝エインズワースは、史上最年少で七大魔術師になる存在であると。

いつかきっと、自分すら超えていく魔術師になるであろうと。

卒業したとはいえ、マリウスにとってリディアは大切な生徒の一人。

だからこそ、手向《たむ》けの言葉を送る。

「リディアさん」

澄んだ声が響く。

声色から彼女は、マリウスの真剣な雰囲気を感じ取る。

「七大魔術師に抜擢《ばってき》されたようで私も嬉《うれ》しいですが、ここから先に待っているのはきっと非情な現実でしょう。あなたほどの人間ならば分かっているはずです。魔術の真髄を究めるということは、普通ではないと。けれど、私は祝福します。あなたのこの先の人生に幸があらんことを――」

どこからともなく、マリウスは一輪の花を取り出した。

それをリディアに手渡すと、軽く一礼をする。

「マリウス。忠告感謝する。私は魔術の真理にたどり着く。それこそが、この才能を与えられた私の意味だからな」

「ええ。応援しています。あなたは誰よりも気高く、神に愛された魔術師だ。それでは、またお会いしましょう」

「あぁ。またな」

マリウスは手を振って、去っていった。

リディアもまた、踵《きびす》を返す。

「――行こう」

リディアは悠然と歩みを進める。

史上最年少で七大魔術師となった天才の中の天才。

誰もが彼女を尊敬と畏怖の念を込めて、史上最高の天才と呼んだ。

ただ、リディアは自分の才能に傲《おご》ることなく、ずっと思っていた。

これだけの才能を持って生まれた自分の意味はなんだ、と。

その答えはまだ得ていない。

天賦の才は、果たして彼女をどんな未来に導くのか。

栄光の道を進んでいくのか。

または、才能が呪縛となって破滅の道を歩んでいくのか。

リディアの行く末は、まだ誰にも分からない。

そして、彼女が史上最年少の七大魔術師になってから――三年の月日が経過した。

◇

「師匠。起きてください」

「う。うぅ」

「今日はみんなで花見に行く日ですよ」

「あぁ。分かっているが」

春。

気温はちょうどよく、過ごしやすい日々となっている。

そんな中、リディアはベッドで寝ている。

現在の時刻は朝の六時。

今日は朝からレイに稽古をつけてやると昨晩意気込んでいたのだが、やはり彼女は朝が弱いということもあってこうして駄々をこねている。

「師匠。起きてください」

レイはリディアの体を懸命に揺すっていた。

レイはあれからリディアや特殊選抜部隊《アストラル》の面々と接することで、徐々に人間らしい心を取り戻していった。

出会ったときのような暗い表情を覗《のぞ》かせることはなく、こうして普通に話すことができるほどには回復していた。

「うぅん。あと三時間」

「それは長すぎますよ」

「うぅ、眠い……」

「うわっ！」

と、あろうことかリディアはレイの小さな体をベッドの中へと引きずり込んでいく。

そして、ギュッと抱き枕のように、レイを抱きしめるのだった。

「あったかいなぁ……」

「師匠！　寝惚《ねぼ》けないでください！」

そんなやりとりをしていると、室内にはキャロルとアビーもやってきた。

「やっほ〜。キャロキャロだよ〜」

「失礼する」

今日は休みなので、部隊のメンバーで花見でもしようという話が出ていたのだ。

「リディア。何してるんだ？」

「あーっ！　レイちゃんにえっちなことしてるーっ！」

その声を聞いて、リディアは目を覚ます。

「……ん？　あれ、どうしてレイがベッドにいるんだ？」

「師匠が抱きついてきたんですよ」

「はぁ？　私がそんなことするわけないだろう」

「まぁ、そう言うならいいですけど」

レイは半ば呆《あき》れたような顔でベッドから出ていく。

そうしてレイは、やってきた二人に挨拶をするのだった。

「ガーネット少佐。いつも師匠がすみません」

「いや、いいんだ。昔からの付き合いだしな」

二人で会話をしていると、キャロルがレイに思い切り抱きつこうとするが、レイは簡単に躱《かわ》す。

「うわーん！　キャロキャロもレイちゃんを抱きしめたいよーっ！」

「ダメに決まっているだろ」

レイはキャロルの頭を押さえると、冷静に呟く。

「よし。準備できたな」

「では、向かうか」

その後、三人と待ち合わせ場所である公園へと向かう。

レイは右手にバスケットを抱えていた。

「レイ。今日は何を作ったんだ？」

「サンドイッチです。師匠の好きなマスタード多めのものも用意してますよ」

「おぉ！　それは楽しみだな！　レイのサンドイッチはめちゃくちゃ美味《うま》いからな！」

「はい。料理はガーネット少佐に叩き込まれましたので」

「やはりアビーの教育は優秀だな！　ま、私には届かないがな！」

そんなやりとりを繰り広げる師弟。

距離感もかなり近くなった。

それに何よりも、レイは笑うようになった。

「中佐！　やってきたぜー！」

と、リディアが声をかけると、そこにはヘンリックを含めて部隊のメンバーが揃《そろ》っていた。

「レイ、久しぶりだな！」

「おぉ。少し大きくなったか？」

レイに声をかけるのは、デルクとハワードだった。

二人ともにその分厚い筋肉がよく分かる服装、つまりはシンプルにシャツとパンツスタイルだった。

レイはそんな二人に対して、軽く手をあげて応じる。

「デルク。それにハワードも。久しぶり。身長は多分伸びてないと思うけど」

レイの交友関係は特殊選抜部隊《アストラル》に限られてくるのだが、全員とすでにそれなりに打ち解けてきている。

「それにしても、レイも筋肉に目覚めてきたようだな。ハワードから話を聞いたぜ？　かなりデカくなったな」

「うーん。師匠にもよく言われるけど、自分だとよくわからないんだよなぁ」

ボソリと呟くレイの言葉を、ハワードが補足する。

「いや、レイは間違いなくかなりデカくなってきている。成長期もあるだろうが、かなり質のいい筋肉に仕上がってきているぞ！　レイ、自信を持て！」

「あはは。ハワードがそう言うなら、そうなのかもね」

と、レイは苦笑いを浮かべる。

三人が談笑しているのを、他のメンバー達《たち》はじっと見つめていた。

「レイは明るくなったね」

「はい。三年でよくここまで変わったかと」

ヘンリックの隣にはフロールがいた。

彼女も今回の花見に参加している。

「よし！　今日はめっちゃ食うぞー！」

リディアのその声を合図に、全員でさっそく花見を開始する。

もともと王国には花見という文化はない。そのため、公園にはほとんど人はいないのでほぼ貸し切り状態だ。

今回の花見を提案したのは、キャロルだった。

せっかくこんなにも綺麗な春なのだから、みんなで花を見ながら食事でもしようと。

「今日はみなさんのためにたくさん作ってきました」

レイは昨晩から仕込みをして、早朝から全員の分の食事を作っていた。

今回は、特殊選抜部隊《アストラル》は前日まで任務があったので、レイ一人で準備したのだ。

「ん！　美味いなぁ！　流石《さすが》は私の弟子だな！」

「まぁ、師匠が料理を作らないので、自分でやることに慣れたというか」

「あ？　今、何か言ったか？」

「いえ、何も！」

その声音、視線は明らかに殺意を含んだものだった。

すでに経験していることだが、リディアを怒らせると本当に大変なことになるとレイは知っていた。

「レイ。料理上手《うま》くなったな」

「ガーネット少佐がいつも教えてくれたからこそです」

「いや、レイもしっかりと努力したからな。料理に関しては、リディアは全くダメでな。その点、レイはもうその歳で十分な技量だ」

「ありがとうございます」

アビーに褒められていると、レイの隣にはズイッとキャロルが近寄ってくる。

「レイちゃーーんっ！」

「うわっ！」

ギュッと抱きつくと、キャロルは自分の頬をレイに擦り付ける。レイは「キャロル、離せっ！」と言うのだが、なぜか完璧に動けなくなっているのでどうすることもできなかった。

「キャロキャロも教えてあげたもんね？　ね？」

「ま、まぁ。そうだけど」

「キャロキャロにはお礼はないの～？」

まるで小動物が甘えるような視線。

レイはキャロルの扱いは割とぞんざいだが、感謝していることも多い。

何かと世話をされている自覚が彼にもある。

そして、レイはボソッと小さな声で礼を述べる。

「……ありがとう、キャロル」

「もうっ！　本当に可愛いっ‼　ねね、ちゅーしてあげるっ！」

「キャーロールー？　お前、最近レイへのスキンシップが激しいよなぁ？　そのことは注意したはずだよなぁ？」

鬼の形相、とまではいかないが明らかに怒気を漏らしているリディアがそこにいた。

彼女は右手で思い切りキャロルの頭を摑《つか》んでいるが、キャロルは全く気にしていないようだった。

「えー？　何のことぉ～？　キャロキャロは常識の範囲内でスキンシップをしてるだけだよぉ～？」

「お前の常識の中には、キスも含まれているのかっ！」

「うん！　レイちゃんのファーストキスはキャロキャロがもらうもんねっ！」

「ほう。今日こそ決着をつけるべきだな。表に出ろ、キャロル」

「望むところだよっ！　ふふんっ！」

二人は立ち上がると、そのまま魔術を使って喧嘩《けんか》を始めてしまった。

「はは。いつも通りですね」

「全く。あの二人は本当に」

レイの隣で声を漏らすのはフロールだった。

やれやれと言わんばかりに、頭を左右に振る。

「レイ。あなたが望むなら、私の家に来てもいいのよ？」

「フロールさんの申し出はありがたいですけど、やっぱり師匠には恩がありますので」

「そ。また今度遊びに来なさい」

「はい。また伺わせていただきます」

そう言ってフロールはレイの頭を優しく撫でる。

その様子をニヤニヤとしながら三人の男性陣がじっと見つめていたのに、フロールはハッとして気がついた。

「ふむ。やはり人は変わるものだね」

「ええ。あのお堅いフロールがここまでになるとは」

「ははは！　やっぱりレイは人気だな！」

そう言われて、フロールはかぁと自分の顔が真っ赤に染まっていくのを感じた。

「べ、別に私はそんなつもりはっ！」

こうして、特殊選抜部隊《アストラル》でレイは人としての心のあり方を取り戻しつつあった。

けれど、この平穏な日々は決して長くは続かなかった——。

◇

アーノルド王国が西の大国とすれば、東の大国といえばエイウェル帝国だ。

世界の東を実質的に支配している巨大な国であり、帝国の魔術の台頭はアーノルド王国に劣らないほどである。

だが、エイウェル帝国には常に黒い噂《うわさ》が付《つ》き纏《まと》う。

魔術による人体実験。

その他には、魔術を殺人の道具として用いている集団がいるなど。

そんなエイウェル帝国の帝都にそびえ立つ城の地下には、ある集団が集まっていた。

その中でも一際目立つ一人の男性がいた。

艶《つや》やかで真っ黒な長い髪を後ろで一つにまとめ、それを前に流している。

「さて、集まってくれたな諸君」

円卓に着席すると、男性が凜《りん》とした澄んだ声を響かせる。

人工的な光に照らされた地下空間。

集まった人間は、総勢六人。

「まずは現状の報告だ。現在、戦禍は確実に広がっている。だが問題は、王国に生まれた特殊部隊だ。名称は——特殊選抜部隊《アストラル》。その中にあのリディア＝エインズワースがいる」

その言葉を聞いた瞬間、金色の髪を左右にまとめている小さな少女が口を開いた。

「殺せばいいだけでしょ？」

「フィーア。確かに、その通りだ。計画の支障になる連中は殺してしまえばいいが、リディア＝エインズワースを殺すのは限りなく難しいだろう。彼女は、ある種の到達点だ」

「そうだっけ？」

「すでに資料を配付しているはずだが」

「ごめん、アインス。読んでない」

と、サラッと言うのでアインスは嘆息を漏らす。

「はぁ。ま、お前のそれは美徳でもある。後で私が詳しく共有しておこう」

「ありがと」

そうしてアインスは一息つくと、改めて全員に向かって現状を説明する。

「話を戻そう。今まで言ってきたが、今回の計画の最大の支障になるのはアーノルド王国だ。相手側も理解しているのか、特殊選抜部隊《アストラル》という組織を作り上げた。少数精鋭。中でも、王国の中でも選《え》りすぐりのメンバーが揃っている。正直言って、リディア＝エインズワース以外は雑魚《ざこ》だと言いたいが、油断はできないだろう」

特殊選抜部隊《アストラル》の存在は王国内でも公になっていないのだが、彼らはすでに特殊選抜部隊《アストラル》のことは調べ上げていた。

「やつはどうなっているんだ？　どうしてこちらで回収できてねぇんだ？」

乱雑な口調で問い詰める男性。

刈り上げた赤い短髪に、横柄な態度をしている。

「ドライ。その件は前も言ったが、タイミングが悪いとしか言いようがなかった」

「はっ。それで、三年も経《た》っているってか？」

「そうだ。だが、心配はない。彼の教育はどうやら、リディア＝エインズワースが行っているらしい。彼女もまた、特異性に気がついているのだろう」

「なるほど、な。で、育てたところを奪うってか？」

「生死は重要ではない。必要なのは、脳にある魔術構造だ。真理世界《アーカーシャ》にたどり着くには、彼の本質がどうしても必要になってくる」

真剣な口調で、アインスは語り続ける。

「それでー？　これからどうするのー？」

わずかな静寂を切り裂くようにして、発されたその声。

女性のものであったが、どこか気怠《けだる》そうな声音だった。

「まずは戦禍を広めることに努めるべきだろう。彼はまだ育つのに時間がかかる」

「果実が熟れたところで、奪い取るってわけ？」

「その通りだ」

「ふーん。ま、あたしは今後もこの楽な生活を送れるならどうでもいいけどねー」

オレンジ色の髪を軽く後ろに流すと、それ以降は関心を示さなくなってしまった。

「それでは本日の会議はここまでにしておく。軍の方には、私から今後の展望を伝えておこう」

立ち上がる。

六人の人間たちは、地下空間から出ていく。

その中で最後まで残っていたのは、アインスだった。

結んでいる髪を解くと、グッと背もたれに体重を預ける。

パラパラと長い髪の毛が微《かす》かに舞う。

彼は、手元に置いていた七つの人形《ひとがた》の駒にそっと触れる。

その中で一つの駒だけを取り出して、力強く円卓に置く。

「ついにここまできた。やっと、真理世界《アーカーシャ》にたどり着くことができる。そのために必要な最後の鍵は――」

一人になったアインスは、興奮した声で彼の名前を呼ぶ。

「あぁ、零《レイ》。お前にまた会えるのを、楽しみにしているよ」

エイウェル帝国の中にある極秘組織――七賢人《セブンセイジ》。

その頂点に君臨するアインスは、まるで懐かしむようにレイの名前を呟くのだった――。

第三章 極東戦役、開幕

極東戦役。

ついに極東で行われている戦争が、その名称で呼ばれ始めた。

極東戦役は小国同士の小規模の紛争であり、大規模な戦争にまで発展することはないだろう。

というのが、当初のアーノルド王国や各国の見方であった。

しかし、ここ最近どうにもその紛争による死傷者の数が莫大《ばくだい》に増えているという。

特殊選抜部隊《アストラル》は調査のために派遣されることになったのだが、一つ問題が発生した。

「どういうことだ、これは？」

リディアの声が室内に響く。

明らかに怒りが含まれているものだった。

「上からの命令だ。逆らうことは許されない」

ヘンリックは淡々と事実を告げる。他の隊員たちも、声を上げることはない。

「中佐のことは尊敬している。今までもずっとこの部隊を率いてくれたことには感謝している。だが、レイがこの部隊に参加することを許せるわけがないだろうッ‼」

怒号は室内に響く。

キャロルもリディアに同意する。

「そうだよッ！　レイちゃんをそんな風に利用するなんて、まるでッ！」

全員が分かっていた。

まるで──初めから軍人として利用するために引き取ったかのようではないか、と。

元々才能のある少年だとは分かっていたが、リディアもレイを軍人にするために育ててきたわけではない。

だが、軍の上層部の判断はそうもいかなかった。

「分かっていただろう。いずれはこのような日が来ると。彼の存在が上に知られており、便宜が図られていたのは明白。そんな彼を戦力として数えることは避けては通れないと」

「──ッ！」

リディアの握る拳からは血が滴っていた。あまりにも強く握りしめるため、爪が食い込んでしまったのだ。

血を流したおかげか、彼女は少しだけ冷静になった。

「特殊選抜部隊《アストラル》には追加の戦力が必要だという話は前々から出ていた。しかし、基準に達する者はいなかった。そう──レイを除いて」

今まで沈黙を貫いていたアビーもまた、口を開いた。

「中佐。もしかして、前にレイを連れ出していたのは」

「そうだ。彼の適性検査をしていた。基準のすべてを圧倒的に突破している。頭脳明晰《めいせき》、運動能力も抜群。さらには圧倒的に卓越した魔術。魔術による実戦もこなすことができるだろう。そんな彼を軍が放っておくわけには、いかなくなった」

その表情には悔しさが滲《にじ》んでいた。ヘンリックもまたいずれこうなることは三年前から分かっていた。

その間にレイをどうにかして、軍から離れるように手配したかったのだが、彼の能力はあまりにも強大過ぎた。

そして、ノックの音が室内に響く。

「入って構わない」

「失礼します」

やってきたのはレイだった。

彼は小さな特注サイズの軍服に袖を通して、真剣な表情でこの場にやってきた。

「これからよろしくお願いいたします」

レイは丁寧に頭を下げた。

「レイ。お前、自分が何をしているのか分かっているのか⁉」

リディアは詰め寄る。

「分かっております」

「分かっているのかッ！　軍人になるという覚悟が、この部隊にいるということの重大さがッ！」

リディアの怒りを見ても、レイは冷静だった。

「レイ。この部隊の任務には、実戦も含まれる。魔術による戦闘。相手を殺すことも任務に含まれていることがある。分かっているのか？」

「はい。すでに全ての説明は受けております。その上で自分はここに立っています」

「分かっていて、なぜ……ッ！」

リディアは声を漏らす。

「師匠。あなたの教えは自分の中に生きています。その中でもある言葉がずっと頭に焼きついて離れません」

レイはリディアと視線を合わせると話を続けた。

「結局、人間は自分で決めたことにしか従えないと」

「それは」

リディアが贈った言葉だった。

誰に何を言われようとも、何を強制されても、最終的には自分の心に従うしかないのだと。

「自分の能力の異常さはすでに自覚しています。だからこそ、自分は恩返しがしたい。この部隊は家族のような――いえ、自分は家族だと思っています。その家族が護《まも》っているものが国というのならば、自分は国のために戦えます。もう、師匠の辛《つら》い姿を見ているだけなんてできません」

そんなことを考えていたのか、そう思う。ずっと子どものままだと思っていた。歳《とし》の割には聡明《そうめい》で魔術師としての実力は折り紙付き。それでも、まだ子どもだと、そう思っていたというのに、今のレイの覚悟は子どものそれではない。

「レイ。お前は――」

「レイ。いいんだな？」

「はい。すでに覚悟はできております」

彼女は翻ると、ヘンリックに告げる。

「中佐。取り乱してしまい、申し訳ありませんでした。謝罪いたします」

「いや、いいんだ。私も心苦しいことに変わりはない」

「ただ――」

告げる。

彼女は絶対の覚悟を心に灯《とも》して、その言葉を表に出した。

「レイの作戦参加は受諾します。きっとかなりの戦力になるでしょう。しかし、レイに過度な負担を強いることは許容できません。その場合は私が代わりに任務を果たします」

「いいだろう」

「ありがとうございます」

一礼をする。

リディアはレイと向き合う。

すでに身長も伸びてきており、それほど下を見なくてもよくなっていた。

改めてリディアはレイの成長を実感する。

「レイ。改めて私のもとで鍛錬に励めるか？」

「もちろんです。師匠」

「いいだろう。ここから先は本気で指導する。私のすべてをお前に教えよう」

「はい。よろしくお願いいたします」

レイは特殊選抜部隊《アストラル》の所属となった。

運命の歯車は少しずつ加速していく——。

◇

特殊選抜部隊《アストラル》に正式に加入したレイを待っていたのは、リディア直伝のレンジャー訓練だった。

別名、エインズワース式ブートキャンプ。

この訓練をパスしなければ、特殊選抜部隊《アストラル》への参加は認めないとリディアはレイに伝えた。

　もちろん、レイは了承した上でこの訓練に臨む。

　今まではレイが自立するための教育だったが、一人前の軍人を鍛え上げるための教育がレイに施されることになった。

「いいか、レイ。この訓練はあまりにも過酷だ。屈強な軍人でさえも、逃げ出すほどだ。今まで、特殊選抜部隊《アストラル》の入隊試験にもなっていたが、まだ誰もパスできていない。それでも、挑戦するか？」

「はい。もちろんです」

「よし！　これから返事はレンジャーだッ！　分かったか、訓練兵‼」

「レンジャー‼」

「よし！　では、訓練開始！」

　レイとリディアは、ジャングルの中へと突入。

　レイは自分の体よりも大きいバックパックを背負っている。

　あらゆる課題がリディアから課され、それを全てクリアすれば無事に修了である。

　身体能力、精神力、魔術、頭脳。あらゆる能力を試されることになるこの訓練。レイはどれだけ過酷と分かっていても、自分で決めたからには絶対に成し遂げると誓っていた。

「レイ。早速、あの魔物を狩ってこい」

「レンジャー！」

「そうだな。気分的に、二十キロほど走ったほうがいいだろう。行ってこい」

「レンジャー！」

「腕立て、スクワット、バーピーをそれぞれ千回ずつ」

「レンジャー！」

あらゆる訓練が行われた。

レイは身体強化の魔術は使うなと言われているので、素の身体能力だけでこの訓練に臨んでいる。

その他にも、座学などもあってレイはジャングルで生き延びる術を叩《たた》き込《こ》まれていた。

どんな植物、昆虫、魔物を食べることができるのか。

地形の把握の仕方や、天候に応じての立ち振る舞い。

ジャングルにおける生態系や水に関する知識など。

あらゆる知識をレイは叩き込まれていた。

「はぁ……はぁ……」

「よし。今日はこんなものでいいだろう」

本日の訓練も無事に終了した。

既にジャングルに入ってから、十日ほど経過した。

レイは毎日、足が立たなくなるまで追い込まれ続けていた。今まではこの段階でリタイアする者も多かったのだが、レイはまだ目に力が残っていた。

「ほら。食べるといい」

「ありがとうございます」

火を囲むようにして座る二人。

レイはほとんど動けないので、リディアが調理したものを口にする。

リディアは料理はできないといっても、サバイバル的な調理はできる。捕まえた魔物を捌《さば》いて火で炙《あぶ》り、塩をかけるだけ。

それだけでも、十分過ぎるほどの食事だった。

レイは一心不乱に食事にありつく。

一日中体を酷使していたので、レイはすぐに食事を終えてしまった。

「レイ。訓練、どうだ？」

優しい声音。

リディアは訓練中ではないので、普通にレイに話しかける。

「予想以上に、辛いです。それに苦しい。けど、自分はやり切りますよ。絶対に」

「そうか」

やはり、レイは特別な存在であるとリディアは思った。

まだ子どもだというのに、この訓練についてきている。それに、覚悟が違う。

それはレイの目を見ればすぐに分かった。

「明日も早い。寝るぞ」

「分かりました」

就寝する。

そしてレイは、最終試験に臨むことになる。

「ついに、最終試験だ」

「はい」

今まで数々の訓練をこなしてきたレイは、満身創痍《そうい》だった。言葉はしっかりとしているが、筋肉痛は慢性的に残り続けている。

「残り一ヵ月。このジャングルで一人で過ごせ。魔術の使用も、解禁する」

「レンジャー！」

「既にあらゆる知識は叩き込んである。後は、お前次第だ」

「レンジャー！」

元気よく、返事をする。

レイはリディアに言われてすぐに脳内で一ヵ月の生活のプランを立てる。

既に知識はある。

後は、どうやってそれを実行するかだ。

「一ヵ月経過したら、森の入り口に戻ってこい。そこで待っている」

「レンジャー！」

リディアは最後にそう言って、レイのもとを去っていってしまった。

「よし……」

レイはバックパックを背負って、移動を開始する。

新しい拠点を見つけるためである。

レイは早速、小さな川を見つけた。生きる上で、水は最も重要である。食事は最低一週間程取らなくても大丈夫だが、水分は三日以上取らないと死ぬ可能性もある。

リディアに教えられた知識を持って、レイは最終試験に挑む。

「ん？　この気配は」

チラッと後ろを見ると、そこには魔物の群れが待っていた。明らかにレイを襲うために近寄ってきている。

今まではリディアの圧倒的な覇気で、魔物たちは二人に近寄って来なかったが、今は違う。

たった一人になったレイを狙って、魔物たちはジリジリと距離を詰めてくる。

肉体的にも、精神的にも限界は近い。

そこから、一ヵ月も一人でこのジャングルで過ごす必要がある。リディアはレイに言っていないが、このジャングルの指定難易度はSランク。最も危険なジャングルの一つだ。

「――よし」

魔術で身体強化をして、ナイフを構える。数は二十を超えるが、これを倒せないようではこのジャングルで生活をすることは不可能。

そしてレイは、一人で魔物の群れへと突っ込んでいくのだった。


「ねぇ～、本当に大丈夫なの～？」

「私も流石《さすが》に心配だが」

「……」

特殊選抜部隊《アストラル》のメンバーたちがレイの帰りを待っていた。キャロルとアビーは心配しているようだが、リディアはただじっと黙って待っている。

「エインズワース。流石に、時期尚早だったんじゃないか？」

「ハワード。お前はレイの本当の実力を知らないからな」

「はぁ。でも、まだ子どもだぜ？　確かにレイが圧倒的な才能があるのは認めるが、ジャングルでのレンジャー訓練はまた話が違うだろう」

「違うことはない。これくらいクリアしなければ、私たちにはついて来れない」

「それはそうだが」

と、その時だった。

ガサッと草をかき分ける音が聞こえてきた。

足音が徐々に近くなり、森の中からはボロボロになったレイが出てきた。

背負っているバックパックもボロボロになっていた。

「レイ。無事に終わったようだな」

「レンジャー!!」

掛け声を忘れることはない。あらゆる知識を使い、レイはシャングルでの生活をクリアした。

肉体はとうに限界を超えている。

が、レイは戻ってきた。

このエインズワース式ブートキャンプで問われるのは、最終的には精神力である。

どれだけ過酷な環境下においても、諦めることのない不屈の精神を育てる。

それこそがリディアの目的だったが、どうやらレイは無事にこの試練を突破した。

「うわーん！　レイちゃーんっ！」

キャロルがすぐにレイのもとへと駆けつけて、思い切り抱きしめる。

いつもは抵抗するレイだが、流石に今はそれもできない。

「キャロル……」

「大丈夫だった？」

「あぁ。大丈夫。でもそうだな。凄《すご》く、疲れたよ……」

そう言ってレイはキャロルに自分の体重を全て預ける。すると、レイからは寝息が聞こえてくる。

「すぅ……すぅ」

「どうやら、寝てしまったようだ。で、エインズワース。これなら文句はないんだろう？」

「はは。そうですね。レイだからといって容赦はしませんでしたが、文句の付けようがありません」

ヘンリックの言葉に対して、リディアは軽く肩を竦《すく》める。

レイの様子は魔術を通じてずっと監視していた。何かあった時に、すぐに助けられるように。ただし、それは杞憂《きゆう》だった。

「では、レイはこれから私たちと任務を共にする。全員、いいな？」

異論はなかった。

レイはそれから、特殊選抜部隊《アストラル》のメンバーたちと任務を共にするようになった。リディアだけではなく、他のメンバーからもあらゆることを教えてもらった。

偵察、斥候《せっこう》、突入任務などをこなし、レイは着実に経験を積んでいった。

時には女装で潜入任務をこなすことさえあった。女装の知識などは、もちろんキャロル直伝である。

レイが加わった特殊選抜部隊《アストラル》に、もはや死角などありはしなかった。

王国最強の精鋭部隊——特殊選抜部隊《アストラル》。軍の上層部だけではなく、他国にもそう認識され始めた。

レイは特殊選抜部隊《アストラル》所属になってから、リディアのもとで二年間の厳しい訓練をこなしてきた。

気がつけば、レイは十歳になっていた。

そしてついに、めざましい活躍をする特殊選抜部隊《アストラル》に、極東戦役に参加するように上から指令が下された。

◇

「今日集まってもらったのは、極東戦役の件だ」

ブリーフィングルームに特殊選抜部隊《アストラル》のメンバーが全員集合していた。

全員揃《そろ》って神妙な面持ちをしている。

すでに王国だけではなく、世界的にも一大ニュースとなって報じられている。魔術が体系化され、そのおかげで世界は大きな発展を遂げた。

しかし、魔術は攻撃手段としてもあまりに有用。

魔術による初めての戦争が始まるのは、時間の問題だった。

すでにその規模はかなりのものとなっており、死傷者は千人を超えている。あくまで報じられている人数であり、実際の数はそれを優に上回っていると言われている。

王国には、今回の件に対して同盟を結んでいる国から要請があった。

二年経過しても全く鎮静化しないこの戦争は、流石に他国の本格的な介入が必要だと判断されたのだ。

今回の戦争は魔術大国であるアーノルド王国が参戦するしかないのは、すでに周知の事実だった。

今回の戦争は、表面上は小国同士の衝突と言われているが、実際のところその背後に帝国の影があるのは間違いなかった。

実質的に言えばこれは、王国と帝国の戦争。

世界で最も栄えている二国による大規模戦争。

そう捉えても、過言ではない。

「フロール。概要を」

「は」

ボードの前に立つと、フロールは極東における戦場の状況を描いていく。

「敵兵の戦力は千から二千。これだけの兵力であればすぐに鎮静化できると思いますが、厄介なのは手練《てだ》れの魔術師が交ざっているということ。一人で大隊を圧倒できる魔術師も出ているとか。真偽は不明ですが、暴走している兵士もおり戦場はまさに混沌《こんとん》と化しています」

王国の諜報《ちょうほう》機関が集めた情報を、彼女は冷静に説明した。

「フロールの説明の通り、兵士の中には魔術領域暴走《オーバーヒート》を引き起こしている者もいる。それが敵味方問わずに暴れ回り、戦場は地獄と化している」

「魔術領域暴走《オーバーヒート》か」

ボソリと呟《つぶや》くのはリディアだった。

魔術領域暴走《オーバーヒート》は、現代魔術によって引き起こされた病である。

魔術の過度の使用だけではなく、精神的な面も原因になると言われている。

魔術を使わざるを得ない戦場。

さらには、人を殺さなければならないという戦場では、過度のストレスが人間を襲う。

それらが相まって、戦場では数多くの兵士が魔術領域暴走《オーバーヒート》を引き起こしているのが現状である。

「それでレイについてなのだが」

ヘンリックは、話題をレイへと移す。

レイはリディアが課す地獄のエインズワース式ブートキャンプも無事に修了し、数多くの任務もこなしてきた。

すでに隊の全員が認めている。

今のレイは、すでにリディアに迫りつつあると。キャロルやアビーすらも超えて、彼は天才のさらなる先の領域にたどり着こうとしている。

「私はレイが望むのならば連れて行ってもいいと思っている。皆わかっているように、レイの戦力はかなりのものだ。エインズワースに匹敵する彼をここで投入しないわけにはいかない。上にも彼を連れていくように言われている。しかし、敢《あ》えて問いたい。レイ、君は参戦するつもりはあるか？」

全員の視線がレイに降り注ぐ。

まだレイは実戦で人を殺《あや》めたことはないが、戦場に行くということはその可能性を考慮しなければならない。

「レイ。どうする――？」

リディアの凛《りん》とした声が室内に響き渡る。

リディアは視線を下げると、見上げるレイと視線を交わす。

交差する視線だけで十分だった。

レイは戦場に行くつもりであると。

「自分は、戦いたいと思います。この部隊は自分にとって家族のような……いえ、家族そのものです。だからこそ、みんなと共に進んでいきたい。それに、呼ばれているような気がするんです」

「呼ばれている？　どういう意味だ？」

「それは、具体的には言えません。ただの感覚的なものですが、行くべきだと思うのです」

「覚悟はいいのか？」

「はい。才能には責任が伴う。それを果たす時でしょう」

「そうか。そうだな」

大きくなった。

肉体的な面よりも精神的な面で。

大人びたレイを見て、リディアは感慨深そうに彼を見つめる。

「レイの了承も取れたようだな。では具体的な話をしていこう――」

ヘンリックによる話は、二時間ほど続いた。

ブリーフィングが終了し、各々は解散となった。

王国を出発するのは一週間後。それまでは準備期間となった。

「レイ。筋トレしていかねぇか？」

「あぁ。俺もちょうど誘おうと思っていたところだ」

レイの前に立つのはデルクとハワードだった。

「行ってこい。私は先に帰ってる」

「分かりました」

リディアの許可ももらったことで、レイはいつものようにデルクとハワードと共に筋トレをすることになった。筋肉に関してはこの二人の右に出るものはいないだろう。

「ふぅ……終わりだな。レイ、デルク。飯でも行かないか？」

筋トレも終わり、ハワードがそう声をかけるが、デルクは申し訳なさそうに頭を下げる。

「すまんっ！　今日は妻と息子と会う日なんだっ！」

「そっか。家族は大事だな。すまんな、無理言って」

「いやこちらこそ、悪い。また埋め合わせはするからよーっ！」

デルクは足早に去って行った。

「ハワード。デルクの家族って」

「あぁ。あいつ結婚して子どももいるんだよ。確かレイと同い年だったな」

「そっか……」

レイは、去っていくデルクの大きな背中を見つめる。

その姿を見て、家族とは一体なんなのかと、レイは思ってしまう。

「どうするレイ？　帰ってエインズワースと食べるのか？」

「いや……師匠の食事は家に用意してあるし。それに、久しぶりにハワードとご飯も食べたいから。行くよ」

「おっ！　嬉《うれ》しいこと言ってくれるねぇ！」

そして二人は、街灯がわずかに灯りつつある夜道を進んでいく。

「レイ。何が食べたい？」

「なんでもいいよ。ハワードはお酒飲みたいでしょ？　付き合うよ」

「お。それは助かるな。でも、レイは飲むなよ？」

「分かってる。酔っ払った師匠には何度も勧められているけど」

「ははは！　あいつらしいなぁ。じゃ、居酒屋にでも行くか」

二人が向かう先は居酒屋だった。ハワードが行きつけにしている店で、店主とも知り合いである。

「ハワード！　久しぶりだな！」

「おやっさん。ども！」

「あ？　まさか……子どもか？」

「いやいや。親戚の子どもですよ！」

笑いながらそう誤魔化す。

本当のことを言うわけにもいかないので、親戚の子どもと言い訳しておくように部隊内では共有されている。

「なるほどな。席は空いてる。好きに座ってくれや」

「ありがとうございます」

ハワードが向かう先は、奥の方にある座席だった。ちょうど外から死角になる場所だ。念のため、レイと二人でいるところをあまり見られたくはないという配慮でもあった。

「レイ。ここでいいか？」

「うん」

席に着くと店員がやってきて、水を置いていく。

机に置いてあるメニュー表を見て何を注文するか考えるのだった。

「レイは何にする？」

「ハワードに任せるよ」

「そうか。苦手なものとかないよな？」

「うん。なんでも食べられる」

「オッケー」

ハワードは自分の好みのものや、レイの好きそうなものを注文することにした。その前にドリンクがやってきたので、とりあえず乾杯をする。

ハワードはもちろんアルコールであり、レイはソフトドリンクだ。

「じゃ、乾杯ってことで」

「うん。乾杯」

カン、とグラスをぶつけると互いにゴクゴクと喉を鳴らして流し込んでいく。

「かあーっ！　やっぱ仕事終わりはこれだよなぁ」

「美味《おい》しいの？　師匠も美味しいってよく言ってるけど」

「まぁ美味《うま》いな。レイも飲めるようになったら、改めて連れて行ってやるよ」

「それは楽しみだね」

続々と届く注文した品々を食べながら、二人は今後のことについて話すのだった。

「レイ。改めて、大丈夫なのか？」

「極東戦役のこと？」

「あぁ。はっきり言って俺はレイのことはかなり評価している。もう魔術師としての実力は俺じゃあ届かないしな。でもやっぱり、お前はまだ子どもだ。いくら強いからと言って
――」

と、そのまま言葉を続けようとするが、レイは被《かぶ》せるようにして口を開いた。

「大丈夫だよ」

ハワードは、ぞくりと背筋が凍るような感覚を覚えた。

レイの瞳にはなんの光も宿っていないように感じ取れた。

この圧倒的な圧迫感をこの年齢にして身につけている事実にも驚くが、ハワードは初めてレイの底の見えない恐怖というものを感じ取った。

リディアとレイはやはり、魔術師として自分とは別の領域に立っているのだと。

「そっか。杞憂だったな」

「実戦は初めてだけど、やるよ。それに特殊選抜部隊《アストラル》はみんな強い。負けるわけないと思うけど」

「そりゃ、そうだな！　俺たちは最強だからな！　あはは！」

「もしかしてもう酔ってる？」

「いや、酔ってねぇさ。酔ってなんか……」

キョトンと首を傾けるレイのことをじっと見つめる。レイの存在は特殊選抜部隊《アストラル》の人間を大きく変えてきた。

それはハワードも含まれていた。レイと出会うことで、ハワードは自分自身を見つめ直すことができたから。

「レイ。極東戦役が終われば、きっと長い休暇がもらえる。隊のみんなで旅行にでも行かないか？」

「旅行？」

「あぁ。レイは王国の外はあんまり知らないだろ？　実は俺は旅行が好きでな。いい場所をたくさん知ってるんだぜ？」

「そうなんだ。それはいいね。今から楽しみだよ」

ニコリと笑みを浮かべる。そんなレイを見て、ハワードは思う。

これから始まる極東戦役。

きっと最前線に送られるだろう。

地獄のような戦場かもしれない上に、生きて帰ることのできる保証もない。

でもだからこそ、みんなを守れるように戦っていこうと——彼はそう思った。

一週間後の早朝。

ついにレイたちは、極東戦役に参戦する。

「よし。全員揃ったね」

ヘンリックが全員に声をかける。

「改めて、本日より極東戦役にうちの部隊も参加することになった。担当するのは最前線だ。特殊選抜部隊《アストラル》は独自に動くことも多いだろうが、他の部隊と連携を取る機会もゼロではないだろう。心してかかって欲しい」

『了解』

全員で声を揃えて返事をすると、ついに極東戦役の戦場となっている場所へと向かう。

現在は他国の要請により出陣しているということで、戦場の近くに簡易的な王国軍の基地が出来上がっている。極東戦役を押さえ込んでいる隣国はすでに疲弊しきっており、戦力は大幅に低下。

そこで王国と正式に同盟を結ぶことで、こうして特殊選抜部隊《アストラル》も派遣されることになった。

極東の地形としては山岳部が多く、今は雨も多い時期になっている。

戦場になっているのは、主に山岳地帯であり位置としてはエイウェル帝国の隣になっている。

「そろそろだな」

リディアがボソッと声を漏らした。

ついに特殊選抜部隊《アストラル》は、戦場となっているメルス共和国へとたどり着いた。

現在は戦場も以前よりは落ち着いているという話になっているが、それでも死傷者の数が減ることはない。

「状況は？」

「こちらでお伝えいたします」

前線に簡易的に作られている基地は野戦病院も兼ねているようで、呻《うめ》き声のようなものが聞こえてくる。

血と消毒液の臭い。

治癒魔術をかなり使っているようで周囲には第一質料《プリママテリア》が大量に溢《あふ》れていた。

「……」

その様子をレイはチラッと視界に入れる。

特に何か思うわけではないが、彼の心臓は一瞬だけ高鳴った。

まるで何かを思い出すかのように。

「まず戦場ですが、敵国の兵士の様子がおかしいのです」

「おかしい、とは？」

ヘンリックが尋ねる。

すると指揮官と思わしき男性は、次のように答えた。

「あれはもはや、化け物と形容すべきでしょう。理性を失って、敵味方問わずに魔術を暴発させ続ける」

「魔術領域暴走だけではないと？」

「はい。魔術領域暴走《オーバーヒート》によって暴れていると思ったのですが、実際は理性もある兵士もいるようで、それらをまとめている指揮官もいるのです。こちらとしては、何が何だか……」

どうやら今の戦場は、思ったよりも酷《ひど》い状況になっているようだ。

「最前線はどうなっている？」

「すでに派遣した兵士達《たち》はかなりの数が亡くなっています。優秀な者もいたのですが、無残にも——」

そこから先の言葉を聞くことはなかった。泣きそうな表情と、あまりにも悲愴《ひそう》感の漂う雰囲気から全てを察する。

「現在、最前線は落ち着いています。何人か見張りを立てていますが、森の中ということもあって、すぐに察知するのは厳しい状況です」

「森の中……魔術で察知できないということか？」

「森の中は第一質料《プリママテリア》が乱れているのです。魔術的な感知は厳しいかと。そのため、後手に回っているのが現状です」

「ふむ」

ヘンリックは顎に手を当てて考え込む。

決して楽観的に戦況を見ていたわけではないが、状況は思ったよりも悪化していた。

だからこそ、この戦況をどのように覆していくのか。

それを考えつつ、ヘンリックは改めてこう告げた。

「分かった。最前線の方はこちらの部隊で対処しよう」

「……っ！　ありがとうございます！」


夜になった。

すでに日は完全に落ちてしまい、薄暗い光がこの場を照らしつける。特殊選抜部隊《アストラル》のメンバーは別のテントに集まると、早速作戦の立案を開始する。

「私が考えるに、厄介なのはこのポイントだね。相手もそれを分かってここで戦っているんだと思うよ」

いつも以上に真面目な声でキャロルは自分の所感を述べる。特殊選抜部隊《アストラル》の作戦の立案は、キャロルが担っており、ヘンリックと話し合い、最終的な作戦を決定する。

「森ですか。魔術による探知を意図的にできないようにしていると？」

フロールの言葉に対して、キャロルはコクリと頷《うなず》く。

「そうだと思う。一応、理論的には可能な技術だし。でもそれもきっと周期があるはず。絶対に弱まる時があると思うの」

神妙な面持ちで地図を見つめるキャロル。そんな雰囲気の中、レイはスッと手を上げる。

「レイちゃん？　どうかしたの？」

「森の状況なら、自分が把握できます」

「どういうこと？」

「すでにこの位置から、森に潜伏している相手の位置はある程度把握できています」

ざわめきが広がる。

この基地から最前線までは優に数キロを超えている。

知覚するなどあり得ないが、レイならば納得できてしまう。

「私もおおよその位置は把握できている。どうにも、相手の兵士は妙な第一質料《プリママテリア》を纏《まと》っている。私とレイの前ではそれも無意味だがな」

リディアもまたある程度は把握できているようで、キャロルは本当に頼りになる二人だと思った。


作戦内容も固まり、深夜になった。

空を見上げれば、数々の綺麗《きれい》な星々を見ることができる。レイはただ一人、岩場に腰掛けるとボーッと空を見上げる。

現在は就寝時間になっているのだが、目が冴《さ》えてしまって寝ることができないので、彼はたった一人でこの場にやって来ていたのだ。

「レイ。一人か？」

「ハワード。どうかした？」

　後ろから人の気配を感じると、そこに立っていたのはハワードだった。

　近づいてくると彼はレイの隣に腰を下ろした。

「ついに明日からだな」

　緊張しているふうもなく平静な様子のハワードだが、レイも同じだった。

「うん。そうだね」

「落ち着いているな」

「そうかな？」

「実はレイがビビってないかと思って、様子を見に来たんだぜ？」

「そうなの？」

「あぁ。でも大丈夫みたいだな」

　そう言ってハワードは地面に寝そべって、空を見上げる。今日の夜は雲ひとつなく、綺麗な星々をはっきりと見ることができた。

　別に珍しいわけではないのだが、ハワードはふと声を漏らす。

「星。綺麗だな」

「うん。今日はすごく晴れてるよ」

「レイは、実戦は初めてだったよな」

「そうだね」

「一つ忠告しておくが、躊躇《ちゅうちょ》はしないことだ」

「躊躇《ためら》いが自分の死に繋《つな》がるからでしょ？」

「流石にエインズワースに教えられているか」

「うん。でも、やっぱり実感はないよ。百聞は一見に如《し》かず、って言うしね」

「それはそうだな。俺も実戦を経験した後じゃ、その言葉がよく理解できる」

ハワードの言葉は妙に重みがあった。

魔術によって人を殺めたことは数えきれない。

いくら紛争であり、敵だったとしてもその記憶はずっと残り続けている。

実際にそれが国を守ることにつながるとしても。

「レイ。お前は何か探しているのか？」

唐突な言葉だった。

聞こえた瞬間、レイは目を見張る。

「それは……そう、かもしれない」

「かもしれない？」

「うん。自分でもよく分かっていないんだ。どうして自分は何かを探しているんだろうって……昔の記憶が思い出せない。けれど、妙な既視感を覚えている自分もいる。一体自分は何者なのか、その答えを探しているのかもしれない。戦場に向かうのも、それがあるからだと思う」

「……」

具体性に乏しく、抽象的な言葉だったが、レイは確かにこの戦場に何かを感じ取っている。

何かを探して、ここにたどり着いた。

まるでそう言っているようだった。

「そっか。見つかるといいな」

「うん」

話はそこで打ち切られた。

二人は立ち上がると、基地へと戻る。

◇

作戦が開始されることになった。

まだ夜も完全に明けない朝方。

すでに特殊選抜部隊《アストラル》のメンバーたちは配置についていた。

緊張感を保ちつつ、特殊選抜部隊《アストラル》は進む。

前衛はリディアとアビー。中衛はデルク、ハワード。後衛はフロールとレイという構成になっている。

ヘンリックとキャロルは作戦指揮官ということで、基地に待機して戦況を見守っている。

まずは、森の入り口へと進んでいく。

「これは──」

「なかなか酷いな」

リディアとアビーが森の中に入る手前で感じ取るのは、死の臭いだった。実戦経験のある二人ではあるが、ここまでの死臭が漂っている場所には来たことなどない。

そうして特殊選抜部隊《アストラル》は森の中へと入っていく。まだ夜明け前と言うことで薄暗いが、リディアは広域干渉系の魔術を発動していた。

前方はリディアが、後方はレイが知覚領域を展開することで周囲の様子を把握する。

「……」

レイもまた知覚領域を広げているため、リディアと同様にこの惨状を理解している。

ふと視線を下に向けると、死体と目があってしまう。大人であってもこの光景は耐え難《がた》いと言うのに、レイは無心にその瞳を見つめる。

何も宿ることはない虚空。

吸い込まれるようなその目を見てもレイは取り乱すことはなかった。ただ彼は内心で思っていた。

やはりこの光景は、既視感があると。

「前方二十メートル先。敵影だ。待ち伏せをしている。こちらから仕掛ける」

『了解』

接敵。

相手が知覚するよりも早くリディアは相手の存在を知覚した。そうしてその言葉を合図にして、一気に全員は大地を駆け抜けていく。

疾走。

先頭にいるリディアはすぐに魔術を展開した。

「──氷千剣戟《アイシクルブレイズ》」

両手に顕現するのは氷剣《ひょうけん》。

リディア＝エインズワースの代名詞でもあり、象徴でもあるそれは──アトリビュートとも呼ばれている。

彼女は姿勢をグッと落として低くしたまま加速していくと、一閃《いっせん》。

相手の首を狙って容赦無く氷剣を振るったが、腕を切断するだけに終わる。

「どうやらかなりの手練れのようだな。しかし」

分析する。今の一瞬の攻防でリディアの攻撃を避《よ》けるのは至難の業のはず。そもそも、先手はこちらが取ったというのに避けたという事実に違和感を覚える。

それは決して傲《おご》りなどではなく、純粋なる疑問だった。それに加えて異常なのは、リデイアが切り裂いたというのに相手は悲鳴の一つもあげない上に治療する素振りもない。苦悶《くもん》の表情すら浮かべていない。

じっとこちらの様子を窺《うかが》うだけで、まるで切り裂かれてしまった腕のことなど意識していないかのような。

「全員。いつも通りいく。ついてこい」

『了解』

リディアを先頭にして、とりあえずはこの場での戦闘を終えた。

「こんなものか」

ヒュッと氷剣を振るうと、地面には付着した血が勢いよく落とされていく。戦闘は、それほど時間は掛からなかった。

主に前線でリディアとアビーが敵を殲滅《せんめつ》し、残りは中衛と後衛で処理をした。

レイといえば氷で足止めをするだけで、相手に直接手を下してはいない。

「奇妙だ。まるで恐怖心などなかった様子だった。それに怪我《けが》の治療も優先しようとはしない」

アビーの言葉に対して、フロールもまた自分の考察を述べる。

「確かにおかしいわね。人間としての機能が欠落していると言うか、なんと言うか。そもそも魔術領域暴走《オーバーヒート》によって壊れている、という見方もできるけれどこれではまるで――」

と、その言葉の続きはレイがボソリと呟くのだった。

「まるで傀儡《くぐつ》のようだった。自分はそう思います」

レイだけではなく、リディアも感じていた。

今の戦闘において第三者における介入があったことを。

「レイの言う通り、相手は操られていたな。微《かす》かな別の第一質料《プリママテリア》が漏れ出していた」

リディアは分析した結果を雄弁に語り始める。

「そもそも、痛覚がない、恐怖心もない、と言うのは人間としてありえない。おそらくは何者かにそのように操作されている可能性があるな」

「精神干渉系の魔術か？」

ハワードが軽く首を傾《かし》げながらそう言うが、リディアの表情は険しいままだった。

「あぁ。そうかもしれないな」

まだあくまで可能性でしかないため、彼女が詳しく述べることはなかった。

そして、特殊選抜部隊《アストラル》は最前線から引いていく。

現状、他に近くには敵がいないということで引いていくのだが、レイだけがその瞬間
——微かな兆候を感じ取って後ろを振り向いた。

「レイ？　どうかしたのか？」

「いえ。なんでもありません」

気のせいだろう。

それにリディアが感じ取っていないのだ。

きっと気のせいに違いない。

敵対する存在が近くにいるとは知らずに、レイたちはこの場を後にする。


「あっぷな。今の私の隠密《おんみつ》、完璧だったよね？」

「ええ。間違いなく完璧でしたが、どうやら彼は本当に規格外のようですね。かのリディア＝エインズワースを超えていると言うのは本当かもしれません」

「ふぅ。焦ったぁ。でも大体の戦力は把握できたよね？」

少女がそう尋ねると、男性の方はメガネを軽くあげてそれに応じる。

「はい。おおよそのメンバーの実力は把握できましたが、やはりあの二人の底を見ることはできませんね」

「そっかー。やっぱ、あいつらは特別だね」

「リディア＝エインズワース。彼女はある種の特異点でもあります。殺すには慎重を期するべきでしょう」

「そうだね。じゃ、戻ろうか」

「ええ」

二人の存在は森の暗闇の中に溶けるようにして消えていった。

◇

最前線での戦闘を終えて戻ってきた特殊選抜部隊《アストラル》の面々。無事に相手の戦力を削ることに成功はしたのだが、安堵《あんど》感などはなかった。

全員揃って張り詰めたような雰囲気のまま、基地へと戻ってきた。

「レイ。大丈夫か？」

「はい。問題ありません」

戻ってきたレイは冷静だった。あの森での惨状を見たというのに、彼は平静を保っていた。

「とりあえずは休むことにしよう。まだ戦いは始まったばかりだ」

「了解です」

極東戦役が本格的に幕を開けることになったが、これはまだ序章に過ぎなかった。

「エインズワース。よくやってくれた」

「いえ。自分は当然のことをしたまでです。中佐」

最前線での戦闘を終えてから基地に戻ると、ヘンリックが待っていた。

どうやら負傷した兵士達はほぼ全てが後方へと戻ることが出来たようだった。彼女は一人で報告にやってきていた。

共に最前線で戦ったレイには休めと言ってあるので、彼は大人しくすでに就寝している。

現在の時刻は深夜三時。

長く続いた戦いも、とりあえずは落ち着いた。

「戦況はどうなっていますか？」

「どうやら、こちらが思っているよりも被害は拡大してないようだ。この場ではとりあえずは前線を維持することが出来たが、また他の箇所での戦火が拡大しているらしい」

「では、次はそちらに赴くと？」

「そうなるだろう。特殊選抜部隊《アストラル》は拠点防衛を目的とした部隊ではない。おそらくは今後も移動が多くなる」

「は。了解であります」

今後の方針を受諾し、リディアは敬礼をした。今まではただ傍若無人に生きているだけの人間と評されていたが、今の彼女は違う。

確かな意志と使命を持って、この戦場に身を投じているのをヘンリックは理解していた。

「正直なところ、エインズワースには感謝している。特殊選抜部隊《アストラル》を先導し、最小限の戦力で最大の成果を上げてくれる。今回の件もまた、本来ならば撤退にもっと時間がかかるはずだったが、無事に終わってくれてよかった」

「自分の力が役に立っているなら、いいのですが」

と、なぜかリディアの顔には影が差す。

「どうかしたのか？」

「レイのことです」

「もしかして、何かあったのか？」

「いえ。逆に何も無いのが問題なのです」

リディアは思っていた。

今回の作戦では、レイが厳しいようならば自分一人で任務をこなしてしまおうと。

あくまでレイはサポートに過ぎず、たった一人で敵を撃退するだけの自信が今のリディアにはあったのだ。

「正直なところ、今回の戦闘ではレイの尽力が大きかった。おかげで私もかなり動きやすかったのです」

「あの年齢で、すでにその領域に至っているのか。本当にレイは何者なんだろうか」

レイの存在は一体何なのか。それはまだ誰にも分かっていない。

「レイが何者なのか。それは私にも分かりません。しかし、中佐。レイのことはどうか自分に任せていただければと」

「それに関してはエインズワースに一任する予定だ。今の君について行けるのは、レイしかいないからな。どのみちそうなる予定だ」

「はい」

改めて敬礼をすると、下がっていいと言われたのでリディアはテントから出ていくのだった。

「さて、この戦争はいつまで続くのか」

ボソリと呟くヘンリック。彼には予感があった。

それはある種の直感なのかもしれない。この戦争は長引いてしまいそうだと。さらには、自分たちが考えてもいない別の思惑があるのではないかと。

そして、特殊選抜部隊《アストラル》は次なる戦場へと身を投じる。

◇

「うふふ！　あはははっ！　あはははハハハハハハッ‼　あーあ。七大魔術師って言っても、この程度なの？」

少女が笑う。

その笑みはまるでおもちゃを楽しんでいる子どものようだった。

少女の目の前には莫大な数の死体の山が築き上げられていた。

「……これほど、とは」

なんとか声を絞り出す。

この戦場を率いていたのは七大魔術師が一人、紺碧《こんぺき》の魔術師だった。

すでに年齢は四十代に突入しているが、それでも最強の魔術師の一人であることに変わりはない。

相手の少女は依然として笑っている。まるでこの戦場を楽しんでいるかのように。

「終わった？」

「もうちょっとかな。嬲《なぶ》り殺してもいいけど、もう少し遊ぼうと思って」

「はぁ、早くしてよ。私、バックアップできたのにフィーアが全部やっちゃうし」

「ごめんごめんって！　今度おごるからさ！　ね、ツヴァイ。機嫌直してよ」

「まぁ、それならいいけど」

ツヴァイと呼ばれた少女はオレンジ色の髪をくるくると弄《いじ》った後、再び自分の爪を丁寧にやすりで整え始める。

一方のフィーアは金色の髪を高い位置でツインテールにしており、その笑顔を見ればとても陽気な少女に見える。

内なる憤怒《ふんぬ》を噛《か》み殺《ころ》しながら、紺碧の魔術師はフィーアのことを睨《にら》む。

紺碧の魔術師の部隊にはもう一人、七大魔術師がいた。彼と同期であり、長年の付き合いだった。

雷鳴《らいめい》の魔術師。

電撃系統の魔術を極めた彼は、この戦闘が始まった瞬間フィーアにより殺されてしまった。

「いいよ。出しなよ、固有魔術《オリジン》。機を窺っているのは分かるけど、あからさま過ぎ」

「その言葉、後悔するなよ」

紺碧の魔術師の代名詞にもなっている固有魔術《オリジン》の魔術名称は、紺碧領域《アジュールフィールド》。

いわゆる、即死魔術とも言われるこの世界で最も危険な魔術に分類されているものだ。

「――紺碧領域《アジュールフィールド》」

見渡す限りの青がこの世界を覆い尽くしていく。

まるで、大津波がいきなりやって来たような光景。

彼はこの領域内に入ったフィーアとツヴァイに対して、魔術を発動。容赦無く、瞬殺するつもりで彼は相手の体内の第一質料《プリママテリア》を攪乱《かくらん》し、そのまま内側から壊し尽くそうとするが。

「はぁ、やっぱりこんなものか。七大魔術師って言っても、この程度なんだ。でもこっちの調べだと貴方《あなた》たちは七大魔術師の中でも一番の雑魚。これで最強格だったら、私は泣いてたよ～」

「な、何が起こった？　いやそもそもお前たちのその体は、どうなっている……？」

魔術領域は完全に展開されているが、彼の魔術は相手に通用しなかった。

「コード理論。それに第一質料《プリママテリア》なんてものを使っているから、そうなるんだよ。ま、貴方にはこの世界の真理なんて理解できないと思うけど」

「何を……ぐッ⁉　こ、これは」

気がつけば彼は自分の胸を氷柱が貫通しているのに気がついた。

血溜《ちだ》まりがじわじわと広がっていく。

最後に、一矢報いようとなんとか魔術を絞り出そうとするが、伸ばした手には再び氷柱が突き刺さっていた。

「ぐ、ぐあああッ！」

あまりの痛みに悶絶《もんぜつ》した声を上げるが、抵抗する意志は決して折れることはない。

七大魔術師である自分の責務。

この戦場で戦うことの意味。

民を守るために戦っていることの誇り。

しかし、その全ては無に還《かえ》る。

圧倒的な強者の前では、そんな肩書も意志も無慈悲に刈り取られてしまう。

「ふーん。根性あるんだね。そこはちょっと見直したよ。でも、これまで。バイバイ、おじさん」

心臓に一突き。

彼女は地面に転がっていた剣を拾うと、彼の心臓に突き立てた。

「王国の……未来に、えい……こう……あ、れ……」

紺碧の魔術師である、アーサー＝オルストレインの最期の言葉だった。

「終わった？」

「うん。終わったよ」

「じゃ、帰ろ。でもやっぱ、フィーア一人で良かったね」

「そうだね。一応、七大魔術師が二人も出てくるから警戒したけど、全然大したことなかったよ」

踵《きびす》を返す。

二人は敢えて、その場に残っている死体には何もしなかった。それは上からの命令でそうするように言われているからだ。

これは宣戦布告。

こちらには、七大魔術師を上回るほどの実力があるという見せしめでもあった。

紺碧の魔術師が率いる部隊は全滅した。

それも二人の七大魔術師を失って。

百戦錬磨であり、全戦全勝の部隊が全滅してしまったという事実は、王国軍を震撼《しんかん》させる。

第四章　別れの時

極東戦役の戦禍は止《とど》まるところを知らず、さらに広まっていくばかりだった。

王国の介入によりすぐに鎮静化すると思われた戦争は、完全に泥沼化。

すでに王国軍が極東戦役に本格介入してから、一年が経過しようとしていた。

「紺碧《こんぺき》と雷鳴《らいめい》が、同時にやられた、だと？」

「はい。どうやら間違いない情報のようです」

特殊選抜部隊《アストラル》は、様々な戦場に赴いていた。もちろんその全てが前線であり、最前線を維持するために特殊選抜部隊《アストラル》は活動を続けていた。

「なるほど。それは、非常にまずいな……」

現在は通信魔術も発達しており、一定の範囲ならば第一質料《プリママテリア》を介して音声を伝えることができるようになっていた。

そのような情報伝達システムが完成しつつある中、その速報は彼を動揺させるには十分すぎるほどだった。

今の戦場は、あまりにも酷《ひど》い状況。

殺している数だけで言えば、王国軍の方が多いかもしれないが、問題は相手は自爆も辞さない攻撃を仕掛けてくることだった。その特攻によって無残にも死んでしまった兵士は数多くいる。

あらゆる攻撃に対処しながらも前線を維持し続ける。

確かに最前線にいる兵士も過酷なのだが、後方で作戦指揮をしているヘンリックもまた過酷な状況に晒《さら》されている。

それぞれが心を押し殺し、精神を磨耗しながら戦っているのだ。

ヘンリックとて毎日毎日、死亡する人数を報告されるたびに後悔に苛《さいな》まれる。本当にこれで良かったのか、この作戦で本当に良かったのか。

そんなことを考えながら毎日を過ごしていく。

加齢もあるが、彼の頭髪は以前よりもずっと白髪が目立つようになっていた。

「中佐」

「そんな表情をしないでくれ。私は大丈夫だよ」

フロールが心配そうに、ヘンリックのことを見上げる。ギュッと両手を胸の前で握り締めて、彼女は震えていた。

「……中佐。あまり無理はなさらないでください」

「それは無理な相談だ。今の戦況、分かっているだろう？　特殊選抜部隊《アストラル》のメンバーを各部隊に配置して、なんとか保っているのが現状だ。それに七大魔術師である二人がやられてしまった。相手の情報は何もなく、ただこちらには尋常ではない損害が残っただけ。対処するには、こちらも動くしかないだろう」

「しかし、それは」

分かっていた。

フロールは以前から聞いていた。

この戦況を大きく変えることができるとすれば、残りの七大魔術師しかあり得ないと。

氷剣《ひょうけん》の魔術師――リディア＝エインズワース
絶刀《ぜっとう》の魔術師――バルトルト＝アイスラー
虚構《きょこう》の魔術師――リーゼロッテ＝エーデン
燐煌《りんこう》の魔術師――マリウス＝バセット
比翼《ひよく》の魔術師――フランソワーズ＝クレール

現在残っている七大魔術師は、以上五名。

その中でも軍人であるのは、氷剣のリディアだけ。

その他の魔術師は軍人ではないため、今回の極東戦役に参加する義務も義理もないのだが……実は、すでに協力関係を築いていた。

ヘンリックの尽力もあり、なんとか交渉に成功している。

実際に、それぞれの七大魔術師は口を揃《そろ》えてこう言った。

――来るべき時がやって来た、と。

予感、直感の類いなのかもしれないが、全員揃って二つ返事で了承してくれた。

七大魔術師はそれぞれが一癖も二癖もあり、容易に協力を得ることなどできない。

だが、ついに七大魔術師が戦場に赴くという事態が現実になろうとしていた。

「七大魔術師の加勢は大きな戦力になるでしょう。しかし、全員が戦闘に特化しているわけではないのでは？」

「当然の疑問だ。だが世界は七大魔術師を過小評価している。それは王国民であっても同様だ」

「か、過小評価……ですか？」

「そうだ」

俄《にわ》かには信じられない。それこそ、フロールは七大魔術師のことを十分に評価しているつもりだった。

だが全員が全員、戦闘に特化しているわけではないのも事実。

中には研究者や教師を本業としている魔術師もいるのだから。

「強大な魔術は戦闘という次元に囚《とら》われない」

どこか遠くを見ながら、ヘンリックは語る。

「戦闘という次元、ですか？」

「あぁ。七大魔術師の領域に至れば、それこそ魔術の次元は通常のものとは違う。戦闘や研究などという人間が定義している枠になど収まることはない」

「しかし、紺碧と雷鳴の二人は」

「分かっている。でもだからこそ、信じるしかない。彼らが十分に戦うことのできる戦場を整えるべきだ」

「そう……そうですね」

ヘンリックは依然として活発に振る舞っている。決して空元気などではない。確かに顔には疲労が滲《にじ》んでいるが、彼には確かな使命があった。

今まで死んでいった仲間たちのためにも、戦い続けなければならない。

「フロール」

なぜかヘンリックは彼女のことを呼び捨てで呼んだ。日頃は大尉と呼ぶことが多いのだが、今だけはフロールと。

「この戦争が終わったら、結婚しよう」

フロールは顔を真っ赤にして、わなわなと震える。

今は極東戦役の真っ最中。

そんなことを今のこの場で言うなどとは、信じられなかった。

だがこのような状況だからこそ、フロールはその言葉の重さを理解する。

「ど、どうして今なんですか⁉」

「さぁ、どうしてだろうか。でも、この戦争を乗り越えた先に君との未来が待っているのならば、私はいつまでも戦える」

「ばか……本当にあなたはいつも……ばかです……」

「返事は、どうだろうか？」

「いいに決まっています。それくらい、分かってください……っ！」

「ありがとう」

寄り添う。

二人は抱擁を交わした。

互いに生きて帰ることができる保証などない。

でもだからこそ、確かな未来を求めるのだろう。

この先に待っている未来のためならば、戦い続けることができる。

どれだけ折れそうになっても、前に進むことができる。

二人はそうして見つめあった後に、優しく唇を交わした。

とても優しく、柔らかい口付けだった。

互いの存在を刻み込むように、二人は抱擁を続けた。

きっと――この先に確かな未来が待っているのだと、信じて。

◇

極東戦役は大きく変化しつつあった。

今まではアーノルド王国側が完全に押されてしまい、後手に回っていることが多かったのだが、現在は持ち直している。

勢いだけでいえば王国軍に分があるとさえ言われている。

「レイ。どうやらエインズワースは派手にやっているようだな」

「ハワード。そうだね、師匠は凄《すさ》まじいよ」

作戦基地本部でレイは一人で報告書をまとめていた。

彼女と共に最前線に赴いては、そのサポートをし続けている。

特殊選抜部隊《アストラル》は解散したわけではないが、この戦況では集まって活動はしていない。今はさらに押すべき時だと考えて、リディアを中心に新しい部隊が編制されているからだ。

その中にはデルクやハワードも加わっているが、他のメンバーは別の戦場で戦っている。

「レイはどうだ？」

「今は主に斥候《せっこう》を担当してるよ。フロールさんと二人で敵の情報を集めてる」

「そうか。お前たちは、相性良かったよな」

「そうだね」

「で、戦況はどうだ？」

ハワードがそう尋ねるが、彼としては返ってくる答えはある程度予想していた。兵士たちの士気も高く、全戦全勝。

改めて聞くことでもないのだが、それを確実なものにするために敢《あ》えてハワードはレイに尋ねた。

「戦況は悪くないよ」

「悪くない？　良《い》いとは言わないのか」

「自分としては、どうにもまだ怪しい部分があると思ってる」

「まさか紺碧と雷鳴の件か？」

「うん。相手はあの部隊を壊滅させるだけの戦力を持っているはず。でもここしばらくは、全くその戦力を投入する素振りがない。ずっと警戒しているけど、どこかで仕掛けてくると思ってる」

「流石《さすが》だな、レイ」

レイは深く考え込んでいるのか、ぶつぶつと呟《つぶや》きながら情報を改めてノートに整理しているようだった。

もともと聡明《そうめい》ではあった。それに実戦能力も抜群。

この戦場において全く物怖《ものお》じしていない。

むしろ完全に慣れきっているのか、レイは地獄のような極東戦役においても、完璧に適応しているようだった。

「明日も最前線か？」

「うん。ハワードは？」

「俺は後方でのバックアップ支援だな」

「そっか。またいつか、特殊選抜部隊《アストラル》で集まる時があると思う。その時は頼りにしてるよ」

「あぁ。じゃ、またなレイ」

拳をコツンと合わせる。

どれだけ苦しい戦場であったとしても、二人には明確に目の前にある任務をこなす気概があった。

言葉にはしないが、信じ合っていた。

きっとこの先も、同じ道を歩み続けるのだと。

けれど、現実の非情さと言うものを——レイは後に知ることになる。

山岳部を抜けた先、見渡す限りの森林地帯が広がっていた。そこには川も流れており、現在は大雨によってその川が完全に氾濫《はんらん》していた。

ハワードはレイに昨日言ったように、後方でのバックアップ支援をしていた。最前線からはかなり距離があるが、この場所を守るのもまた重要である。

いくら危険度が低いとはいえ、油断はできない。

前線から漏れてきた敵国の兵士を淡々と相手していく。

川が氾濫し、大雨ということもあって視界は十分に見えない。相手はこの中でも戦闘になれているのか少しずつ押され始めていた。

「押されるなッ！　十分に返せるぞッ！」

この部隊を指揮しているハワードが、大きな声を上げる。それに伴って、兵士たちの士気もまたさらに高まっていく。

今回の戦闘もまた無事に終わるだろう、この時はそう思っていた。


「え？」

「は？」

「ど、どうして？」

ハワードの後ろで声が聞こえてきた。

すぐに後ろを振り向くと彼の視界には、地面にはこれでもかと深紅が広がっていた。

赤く流れる血液は、雨と混ざり合うようにして流れていく。

倒れている仲間たちの体は、もう動くことはない。

残っている数少ない仲間もまた、ただ呆然《ぼうぜん》とするしかなかった。

「はぁ、こんなもんか。今回も楽そうかな」

立っている一人の少女。

金色の髪を左右の高い位置でまとめてツインテールにして結っている。

ハワードはその少女を見た瞬間、人生の中でも最大限の危機迫る声を上げた。

「逃げろおおおおおおッ！　後方へ下がれえええええッ！」

一瞬の錯綜《さくそう》。

ハワードの判断は、彼女よりもわずかに早かった。

その声を知覚した兵士たちはそのまますぐに脱兎《だっと》の如《ごと》く逃走。今回のようなケースに陥った場合を想定し、部隊で共有しているおかげだった。

「あら。判断早いわね。ま、いっか。あなたを殺した後に、あいつらも皆殺しだから」

おおよそ少女の言葉とは思えない。いや、目の前に立っているのはただの少女ではないのはハワードも理解していた。

見据える。

一瞬の挙動も見逃さないようにハワードは少女――七賢人《セブンセイジ》のフィーアのことを見つめていた。

――ここは完全に食い止める必要がある。

彼は時間を稼ぐ必要があると判断した。すでに逃げた仲間たちは作戦本部に今の事態を伝えてくれるだろう。

あとは応援がやってくるのを待つしかない。

対応できるとすれば、リディアたちの部隊。

または、レイでも良い。

ともかく、十分な戦力が来るまでここはたった一人で戦線を維持しなければならない。

今までだって、幾度となく死線はあった。

その全てを乗り越えてきたハワードには自信があった。

必ず、必ずここは死守するのだと。

「ふーん。良い顔ね、でも……」

刹那。

魔術的な兆候を完全に理解しているわけではない。

相手の魔術の原理は全くわからない。

だが、ハワードは直感で自分に座標を指定されるのを感じ取ると、それを慌てて前転することで躱《かわ》した。

すると、彼が一秒前までいた空間が歪《ゆが》み、一気に弾《はじ》けた。

「どうやら人体に直接作用させているわけではないな」

冷静に分析。

まずは敵の能力を分析し、自分の手札でどうやって戦うべきか。

このような状況であったとしても、臆することなく自分にできることを冷静に考える。

「あっは。もしかして、あなた強い？」

「さぁ、それはどうかな？」

フィーアの歪んだ表情には寒気を覚えるが、ハワードは改めて思考を深く潜らせる。

直感的に理解していた。おそらくは、相手は紺碧と雷鳴を屠《ほふ》った敵であると。その時の死体の状況や戦闘の痕跡。それをデータとして蓄積していた彼は、すぐに相手との戦い方を練り始める。

この戦闘において相手を撃破することは勝利条件ではない。

時間を稼ぎ、仲間が到着するのを待つことこそが勝利条件である。それを改めて理解すると、彼は笑った。

「さ、二人で楽しもうぜ？」

「あなたとっても気に入ったわ。良いわ——付き合ってあげる」

ハワードの生涯をかけた戦いが、幕を上げた。

◇

「キャロライン。一人でどうした」

「ん？　あれれ。ハワードちゃんじゃん！」

俺はなぜか、自分の過去を思い出していた。

その中でも、ここ数年の出会いは劇的なものだった。

リディア＝エインズワース。

アビー＝ガーネット。

キャロル＝キャロライン。

三人とも天才の中の天才。俺も天才だと持《も》て囃《はや》されていたが、分かってしまった。なまじ才能があるからこそ、この三人の領域に触れることがないのだと。

「仕事か？」

「うん！　頑張るよ～っ！」

基地内のある一室。

そこで彼女は一人で大量の書類を前にして作業をしていた。以前からずっと気になっていたので、実はその後を追いかけてきてしまった。

「一人でやっているのか？」

「そうだよーっ！　ふふふ！　キャロキャロは裏方も実は頑張っているのですー！」

「そうか。ありがとうな」

「……え？」

頭をそっと撫《な》でる。年齢がそれなりに離れていることもあり、妹のような存在と思っていたのかもしれない。

「も、もうっ！　突然なんだから！　でも、キャロキャロがもっと大人になったらお付き合いしてあげてもいいよ？」

妖艶な笑み。それは本気で言っているわけではなく、俺をからかっているような表情だった。

「抜かせ。俺はもっと年上が好みなんだ」

「ふふ。私が綺麗《きれい》なお姉さんになっても知らないよ？」

「はは。期待しておくさ」

そんなやりとりをした。今となっては懐かしい思い出だった。

アビー＝ガーネットは、はっきり言って真面目すぎると思った。

もちろんそれは美徳なのだが、どうにも肩肘を張り過ぎているような、そんな印象を抱いていた。

「ガーネット。調子はどうだ？」

「は。自分は万全であります。ケネット少尉」

「ちょっと堅くないか？　俺たち、同じ部隊の仲間だろう？」

「しかし……」

「終わった後、付き合えよ。奢《おご》ってやるよ」

「あ、ありがとうございます」

彼女はエインズワースとキャロラインとは同い年とは思えないほどに、大人びていた。

「それでリディアが――」

「ほうほう」

「キャロルも学生時代は本当に大変で――」

「苦労しているな」

「うう……理解してもらって、本当に嬉《うれ》しいです……」

「お、おい！　泣くなよ。って、これ俺の酒かっ⁉」

どうにも饒舌《じょうぜつ》に語るなぁと思っていたら、俺の酒を間違えて飲んでいたようだった。

「自分はその、堅すぎでしょうか？」

俺は正直に答えることにした。

「そうだな。少し無理をしているようにも見える。でも、大丈夫だ。いざとなれば、俺たちが守ってやるさ。そんなに背負うことはない。ここには仲間がいる。そうだろう？」

「ケネット少尉。ありがとうございます」

これを機にガーネットは少しだけ柔らかい雰囲気を纏《まと》うようになった。

エインズワースには本当に世話になった気がする。いや、俺が世話をしたことも多い気もするが、あいつの生き様は俺には眩《まぶ》しくて尊敬すべき人間だった。

「ハワード！　筋トレ行こうぜ！」

「ハワード！　飯行こうぜ！　お前の奢りな！」

「ハワード！　買い物行こうぜ！　お前、荷物持ちな！」

このやりとりは日常茶飯事だった。

俺は文句を言いながらも、エインズワースに付き合っていた。

「ハワード。私は思ったんだが、幸せ者だな」

「は？　どうしたんだ、突然」

いつものように飯を食べていると、ふと彼女はそんなことを言ってきた。真剣な雰囲気だったので、茶化すことはなかった。

「私は時折、孤独感を覚えていた。でも、この部隊にいると落ち着くんだ」

「それは良かった」

「だから今後も奢ってくれよ？」

いつものようにニヤッと笑う。しかし、今日は奢ることはないがな。

「今日は割り勘だ」

「はぁ⁉　なんでだっ！」

「食べ過ぎなんだよっ‼」

こんな風に怒鳴り合うのもどこか楽しかった。

その他にも、デルクやフロール。それに中佐にも本当に世話になった。

感謝してもしきれない。

俺はこの部隊のことを本当の家族のように思い始めていた。

その中でもやはり特別だったのは、レイの存在だろう。

「レイ。筋トレしようぜ！」

「筋トレ？」

出会った頃のレイは、この世界全てに絶望しているような人間だった。

しかし、気がつけばレイは大きく育ち、俺を超える魔術師になっていた。

レイは決して驕《おご》ることなく愚直に努力を続けていた。

「レイ。今日も頑張ってるな」

「ハワード。まぁ、日課だからね」

魔術適性が高いこともあり、レイは成長が早かった。今はちょうど筋トレをしている最中で、俺はレイにタオルを持ってきたところだった。

「どうだ、調子は？」

「悪くないよ」

「そうか。よし！　俺も頑張るかっ！」

レイとはかなり年齢が離れていたが、弟のように思っていた。

レイの存在には、本当に大きく励まされた気がする。直接言葉にするのは恥ずかしいが、いつか伝えることができたらいいと思っている。

俺は、レイに出会うことができて本当に幸せだったと――。

「はぁ……はぁ……はぁ……」

意識が戻ってくる。

くそ、呆《ほう》けていたわけじゃないのに一気に過去がイメージとして流れ込んできやがった。

これが走馬灯ってやつか？　ははは、笑えるな。でも俺は死ぬわけにはいかない。

こんなところで、死んでいいわけがないんだ。

だが、現実は非情である。

すでに左腕の感覚がなかった。

何故《なぜ》ならば、肘から先が無くなっているからだ。

血止めはしたが、徐々に腕全体の感覚がなくなってきている。

右目もすでに、よく見えない。眼球を潰されたわけではないが、致命的な一撃をもらっている。

霞《かす》む視界の中で俺は敵をしっかりと見据える。

「あなた、強いね。あの雑魚《ざこ》の七大魔術師よりもやるんじゃない？」

相手はペロリと自分の手に付着している俺の返り血を舐《な》めとる。

「うっ。ごほっ……っ!!」

咳《せ》き込《こ》む。と同時に、大量に血が溢《あふ》れ出《で》てくる。どうやら内臓もやられてしまったようだ。

これ以上戦うのは危険だと分かっていた。

すでに失血量は致死量に迫っているだろう。感覚がなくなってきているのがその証拠だ。

でもここで俺が諦めてしまえば、もっと被害が増えるかもしれない。

時間を、時間を稼ぐんだ。

「う、うおおおおおおおッ！」

己を奮い立たせる。俺にはまだやれるだけの力が残っている。そう自分に言い聞かせて、地面を疾走していく。魔術も発動する。

俺はまだ、まだ戦うことがで……き……る？

「い、いつの間……に……？」

涼しい。

風が俺の体を通り過ぎていく。

今の一瞬。

何かの兆候は感覚で理解していたが、それを知覚した瞬間に自分の胸に大きな穴が開いていた。

理解するのと同時に俺は地面に倒れ込む。

もう、感覚は完全になくなっていた。

ヒューヒューと喉がなる。

あぁ。そうか。

ここまでか。俺の人生はどうやらここまでのようだ。

どうやら、これが俺の人生最後の瞬間らしい。

微《かす》かに相手の足音が聞こえる。

「驚いた。まだ生きてる」

その声音から、どうやら心から本当に驚いているのはわかった。

そして、その少女は思ってもみないことを口にする。

「ねぇ——私と一緒に来ない？　あんたのこと気に入ったよ」

一緒に来ない、だと？

「……は？」

「今なら助けてあげるって言ってんの。左腕もくっつけるし、目も治す。もちろんその胸の穴もね。ね、裏切れば長生きできるのよ？　私も強い手駒が必要だったし」

「俺は、たすか……る……のか？」

「ええ。さ、手を取って」

そっと差し伸べられる小さな手。

これを握れば、俺はまだ生きることができる、俺はまだ死にたくはない。

でも、俺ってやつは本当に馬鹿みたいだな。

「はは……ははははっ！　誰が手を取るかよ——俺は、仲間は売らない」

相手も油断していたのか、俺が咄嗟《とっさ》に発動した魔術——氷柱が少女の右手を貫いた。

「は？」

どうやらここから俺が反撃してくるとは思っていなかったようで、攻撃を当てることができた。が、意味はなかったようだな。

「バカね。その程度の攻撃、私に通用するわけないのに」

横目で見ると、その貫通した掌《てのひら》は瞬く間に治癒していた。全く、どういう仕組みなんだよ、それ。

裏切ることなんてできない。

俺は誰よりもきっと、特殊選抜部隊《アストラル》のみんなのことを愛していた。

俺の死がこの先の未来に繋《つな》がっていると思えば死ぬことなんて怖くはなかった。

だから俺は選択することができた。

ここで死ぬのは受け入れた。もう運命に抗《あらが》う事はない。

最初に考えていた時間稼ぎも十分に果たすことができただろう。

目的は果たした。

覚悟も決まった。

心残りがあるとすればそうだな。

みんなの未来を近くで見ていたかったな。

その中でもやはり、レイのことは一番気になっていた。

「レイ……レイは……」

と、ふと心の中で思っていることを口にしていたみたいだ。

だが、俺は殺されない。

あの時に覚悟した死がやってこない。

「チッ。ここで来たか」

ボソリと少女が呟く声が聞こえた。

どうしてなんだ？

もう感覚は無くなりかけている。

視界も霞んでよく見えない。けれど意識だけははっきりとある。

すると隣にはあいつが、レイがいた。

「ハワードッ！　大丈夫ッ！　まだ助かるッ！」

「レイ……」

「ハワードッ‼　喋《しゃべ》るなッ！　絶対に、絶対に助けるッ！」

懸命に治癒魔術をかけてくれるが、血を流しすぎた。

完全に俺の体は終わっている。

でもそうだな。俺は神ってやつに感謝すべきなのかもな。

だって、自分の死ぬ間際にレイが来てくれたんだぜ？

これ以上の幸運はないだろう？

「レ、レイ……」

俺は残っている力を振り絞って、人生最後の言葉を紡ぐ――。

◇

嫌な予感がする。

任務から戻ってきてハワードの件を聞いたとき、レイは初めにそう思った。

曰《いわ》く、魔術の兆候もなく次々と味方が死んでいったとか。

ハワードは時間を稼ぐためにたった一人で戦っている。

その話をした兵士は震えていた。

生き残った安堵《あんど》感とハワードへの罪悪感からだと、嗚咽《おえつ》を漏らしながら語っていた。

「師匠ッ！　先に行きますッ！」

「レイッ！　待て――――！」

レイはリディアの言葉を無視して、すぐに基地を飛び出していった。

先ほど任務が終わって疲労も残っているというのに、彼は全速力でハワードのいる場所へと向かう。

身体強化をフルに発動して、疾走していく。

「ハワード、無事でいてくれッ!!」

脳内に過《よ》ぎる最悪の可能性を拭い去るようにして、ハワードの名前を叫ぶ。
——どうして、どうしてこんな時にこんなことを思ってしまうんだッ！
内心で吐き捨てるように呟くレイ。
彼はどうしてか、脳内で勝手に今までのハワードとの思い出が過ぎっていくのだ。
ずっと気にかけてくれていた。
レイが自分というものをはっきりと持つ前から、彼は優しく接してくれた。
一緒にご飯を食べ、筋トレをして、遊んだりもした。
数多くの任務もこなしてきた。
極東戦役が終われば、みんなで旅行に行こうという話もした。
ハワードは強い。
だから絶対に死ぬわけがない。
特殊選抜部隊《アストラル》は誰一人として欠けることはない。
そんな希望的観測を抱きながら、レイは疾走していき——ついに捕捉した。
「ハワードオオオオオッ！」
ハワードの姿を視界に捉えた瞬間、レイは思い切り叫んだ。
なぜならばもう、ハワードは死にかかっていたから。
右目は潰れ、左腕は肘から先がない。
それに加えて、胸にも大きな穴が開いていた。

レイがすぐさまハワードのもとに駆けつけようとした矢先、ちょうど敵であるフィーアもレイを知覚した。

さらに後ろからはリディアも迫って来ている。

ここでこの二人を相手にするのは、得策ではないとフィーアは思ったのか。

「チッ。一人ならともかく、二人か。ここは——」

ボソリと呟くと、フィーアはまるで姿を消すようにして、去っていった。

レイの右手にはすでに氷剣が握られていたが、彼は外敵の存在が確認できないと分かると、すぐにハワードへと寄り添う。

「ハワード！　大丈夫だ！　絶対に間に合わせるッ！」

レイはすでに分かっていた。

もうハワードが間に合うことはないのだと。

「レイ……」

「ハワードッ！　喋るなッ！　絶対に、絶対に助けるッ！」

まずは状態を確認。

欠損している箇所からの出血が激しい。

「止まれッ！　止まれッ！　止まれよおおおッ！」

とめどなく溢れる血溜《ちだ》まりの中で、レイは懸命に治癒魔術をかける。

「ハワードッ！　大丈夫ッ！　絶対に大丈夫だからッ!!」

ポタポタと滴るのは、レイの涙だった。

魔術は万能ではない。

全てを救うことなど、できはしない。

それでも、レイは諦めることなどできなかった。

そんなことなど、できるわけがない。

それは誰よりもハワードを大切に思っているから。

「レイ。もう、いい……」

残っている右手をなんとか動かして、ハワードはレイの小さな手に触れる。レイもまた、そんなハワードを見て自分の手を止める。

レイはぐしゃぐしゃの顔でハワードと視線を交わす。

「ハワード……そんな、だってッ！　だってッ！」

◇

どうやら、ここまでみたいだな。

完全に感覚は無くなっている。

それでも、レイと話すことができるのは、本当に運がいい。

「レイ……」

「ハワード……俺が、俺がもっと早く来ていればッ！」

「レイ」

ギュッと最後の力を振り絞って、俺はレイの手を握る。

「そんなことは、ない。お前は最善を尽くしている。だから、そんなに自分を責めるな……」

レイは涙を流し続けていた。

「レイ。今まで、本当に、本当に、ありがとう」

「……ハワード。俺だって、ハワードにはたくさんのことを教えてもらった。俺だって、感謝してるよ。ありがとう、本当に……」

「あぁ。そう言ってもらえると嬉しいなぁ……」

俺は残っている力を振り絞って、過去の話をした。

レイと出会って、馬鹿なこともたくさんした。

エインズワースや他のメンバーに怒られるようなこともしたな。

そこには、たくさんの笑顔があった。

俺はレイの家族になりたかった。

家族は別に血がつながってなくてもいい。

ただお互いが家族だと思えば、俺たちは家族になれるのだから。

「なぁ、レイ。俺は、お前の家族になれたか……？」

「当たり前だ！　ハワードはかけがえのない家族だッ！」

「そうか。それが聞けて、良かった」

意識が徐々に遠のいていく。

今は確か曇天だったはずなのに、俺の視界には青空が映っている。

ははは、ついにお迎えが来たってわけか？

そして、俺は最期の言葉を紡いだ。

「レイ……お前は生きろ。俺は先に、この空の果てでお前の成長を見守っているさ。達者でな。お前と出会うことができて、俺は本当に幸せだった。ありがとう、レイ」


なぁ……レイ。

お前はどんな大人になるんだ？

レイ、お前はこれからどんな道を進んでいくんだろうな？

きっと、俺なんかが予想できないほどの大きな人間になるんだろう。

おっと。そろそろ、迎えがきたようだな。

気がつけば俺は真っ白な空間に立っていた。

レイ。達者でな。
レイのおかげで、俺は最高の人生を過ごすことができた。
後悔など、ありはしない。
もしかしたら俺の死で、あのときのように心を閉ざしてしまうのかもしれない。
けど、お前の周りには仲間がいる。俺だっているさ。
ずっとお前の中にいる。それだけは間違いない。
なぁ、だからレイ。
自分の進む道を信じろ。
じゃあな、レイ。
じゃあな、愛《いと》しい仲間たち――。
俺の意識は、そこで途絶えた。

◇

「治れッ！　早く、早く治れッ！」

ハワードは全く動かなくなってしまった。

けど、まだ間に合う。絶対に間に合わせて見せるッ！

俺は懸命に治癒魔術をかけ続ける。

「絶対に、絶対に助けるからッ、ハワードッ！」

「……」

もう、ハワードはこの世にはいない。

ハワードはもう、死んでいるのだと分かっている。

けれど感情がそれを認めない。認めるわけにはいかない。

俺がそれを認めてしまったら、この手を止めてしまったら、ハワードの死を認めたことになってしまうから。

「うわあああああぁッ!!」

叫ばずにはいられなかった。

もう目の前は涙でぐしゃぐしゃになり、ろくに見えない。ぼやける視界の中で、横たわっているハワードを見る。

なぁ、ハワード。

最後の言葉、しっかりと受け取ったよ。

でも、俺はどうしたらいいんだ？

ハワードのいない世界で、どうやって生きていけばいいんだ？

どんな顔で笑えばいい？

どんな顔で過ごせばいい？

分からない。分からないよ、ハワード。

そう嘆いていると、後ろから足音が聞こえてくる。

「レイ」

師匠の声だった。

俺は振り向くことなく、ただ懸命に治癒魔術を続ける。

「レイ」

「まだ、まだ間に合うはずですッ！」

「レイ。やめろ」

師匠が俺の手を取って、魔術を使うのを止めてくる。そんな彼女の行動に対して、俺は怒りを込めた視線で師匠のことを睨《にら》み付《つ》ける。

「どうして、止めるんですかッ！」

「もう、分かっているんだろう？」

「――ッ」

やっと師匠の顔をはっきりと見ることができた。

師匠は、ただただ無表情だった。

まるで何も感じていないかのような、人形みたいな顔だった。

「レイ。行くぞ」

よく見ると、師匠の部下である兵士たちが数多くやってきていた。

ハワードだけでなく、すでに絶命している遺体を麻袋へと詰めていく。

そんな光景を見て、やっと理性が理解した。

戦闘は終わった。数多くの犠牲を残して。

「そんなッ！」

声を上げる。けど、どうしてもまだ抗いたかった。

死を受けいれることはあまりにも、酷だったから。

「まだ戦いは、終わってはいない」

「でもッ！」

パシン、と乾いた音が耳に入った。どうやら、師匠に頬をぶたれたみたいだ。俺は呆然としながら、師匠のことを見つめる。

「聞き分けろ。分かっているだろう。ここは戦場だ。私たちの行動が遅れると、さらに死者が出る」

今更になって、理解する。

戦場で戦うということは、こういうことなのだ。

俺はどこかそれを他人事《ひとごと》のように思っていた。

ハワードが死んだことによって、戦場の凄惨さを初めて自覚した。

「行くぞ。レイ」

「……はい」

師匠のあとについていく際に、気がついた。

師匠の手もまた、震えていることに。

師匠だって何も思っていないわけではない。ずっと一緒に戦ってきた仲間が死んで、何も感じないわけではない。俺が動揺しているのを見て、気丈に振る舞っていただけなんだ。

まだ戦いは終わっていない。俺たちは、戦い続ける必要がある。

「レイ。慣れろ。そうしないと、次に死ぬのはお前だ」

「……はいっ！」

零《こぼ》れ落《お》ちる涙。

あぁ。どうして俺は、また何も守れないのだろうか。

どうして俺はこんなにも無力なのだろうか。

強く。もっと、強くならないといけない。

もう誰も失わないために、もう後悔しないために。

殺す。自分の敵は、殺さなければならない。

戦場で戦うとは、そういうことなのだから。

心の内で、ピキッと何かが音を立てた気がした。

◇

戦況は大きく変化した。

今までは王国軍が優勢と思われていたが、七大魔術師を二人も屠った相手が前線ではなく後方に出たということで、新しく後衛の防御を固めることになった。

そしてレイとリディアが戻ってくると、ちょうどそこにはハワードの危機を聞きつけた特殊選抜部隊《アストラル》のメンバーが揃っていた。

「リディアちゃん！　どうだったの⁉」

基地に戻ってきたリディアを見て、キャロルは真っ先に尋ねた。

リディアは冷静に、今回の戦闘における死者の数を報告した。

「そう……なんだ」

「その中には──」

言葉を続けようとしたが、リディアは迷ってしまう。

このままハワードの死を伝えてもいいのかと。

キャロルは、絶望に染まり切ったレイの顔を見て悟る。

「まさか」

「ハワードは殉職した」

言葉に反応したのは、キャロルよりもアビーの方が早かった。

アビーはハワードが帰ってくると思って、タオルと温かい飲み物を準備している最中だった。

アビーはカップを地面に落とす。

パリンと音を立てて砕け散るカップなど気にせずに、アビーは思い切りリディアに詰め寄る。

「リディアッ！　本当なのかッ⁉　う、嘘《うそ》だよな？　お前はそうやって、いつも私をからかうんだ。はは、ははは！　なぁ、嘘だろ？」

「……」

視線を逸《そ》らす。

あまりにも痛々しい親友の姿をリディアは直視できなかった。

レイはアビーの前に出ていくと、淡々と事実を伝える。

「ハワードの最期は自分が看取《みと》りました」

「あ、あぁ……っ。レ、レイ……お前まで、そんな冗談を言うのか？」

アビーは、レイの言葉でも信じることはできなかった。信じたくはなかった。

ずっと、ハワードはアビーのことを心配してくれていた。

食事には何度も行ったし、一緒に遊びに行くこともあった。

後輩思いのいい人だった。

その中でわずかな淡い恋心が芽生えているのは、アビーも分かっていた。

この戦争が終われば、関係を前に進めたいと、そう思っていたのに。

「ハワードは最後まで、勇敢に戦っていました。どれだけボロボロになろうとも、仲間のために戦っていました……」

涙などとうに涸《か》れ果てている。

だからこそ、レイはそのことを伝えることができた。

それこそが自分にできるハワードへの最大限の恩返しだと思って。

「あぁ……あ……あぁ……」

フラフラと後方へ下がっていく。

アビーは両手で顔を覆って、声を上げて泣き始めた。

「う、う……うわああああああッ！」

決して珍しい光景ではない。仲間が死んだ時にはこうして誰かが涙を流すのは、普通のことになってしまっていた。

泣き叫ぶアビーに寄り添うようにして、キャロルは彼女を包み込みながら静かに涙を流した。

その場にはちょうど、ヘンリック、フロール、デルクもやってきていた。

「バカ野郎、ハワード。お前ってやつはッ！」

デルクは思い切り拳を壁に叩《たた》きつける。
デルクもまた、静かに涙を流していた。
「ハワード。よく頑張ったな」
ヘンリックは虚空を見つめるようにして、ハワードに労《ねぎら》いの言葉を送った。
隣にいるフロールは、涙が止まることはなかった。
ハワードは、特殊選抜部隊《アストラル》のムードメーカーでいつだって中心にいた。
そんな彼が戦死したと聞いて、冷静でいることのできる者など一人だっていなかった。

「ハワード。俺が絶対に——この戦争を終わらせるよ」

レイは空を見上げる。
曇天から打って変わって、気持ちの良いくらいに空は晴れ渡っていた。
そんな空とは裏腹に基地は慟哭《どうこく》で満ちていた。
あまりの悲しみに打ち拉《ひし》がれる者。
ハワードの遺志を受け継いで、前に進もうとする者。
ハワードの死をきっかけにして、特殊選抜部隊《アストラル》は大きく変化していくことになる。
極東戦役は、最終戦へと突入しようとしていた——。

第五章 七大魔術師《アストラル》の真価

ハワードの死を嘆く暇もなく、特殊選抜部隊《アストラル》は作戦会議をしていた。

いくら後方が落ち着いたとはいえ、まだ敵対存在は近くにいる可能性が高く、再襲撃もあり得る。

また、最前線での戦いはさらに激化していて、こちらに戦力を割く余裕はない。

戦況は混沌《こんとん》を極めていた。

「自分が行きます」

レイの声は、とても冷たいものだった。

「レイ。確かに、君一人の戦力でも大丈夫かもしれない。だが、相手は紺碧《こんぺき》と雷鳴《らいめい》、それにハワードを殺している手練《てだ》れ。行くとしても、他に人員は必要だろう」

「必要ありません」

「頭に血が昇っているな。冷静になれ」

ヘンリックの言う通りだったが、レイはそれでも譲ることはない。

「ハワードの仇《かたき》は、自分が討ちます」

「その心意気はいい。復讐《ふくしゅう》心を否定はしない。だが、一人とはどういうことだ」

「現在の戦況。そこまで人員を割くことはできないでしょう？　特殊選抜部隊《アストラル》のメンバーは、各戦場で必要不可欠です。しかし自分ならば、欠けたとしても大きな影響はありません」

「それは……」

しっかりと分析された発言に、ヘンリックは黙ってしまう。

裏目に出てしまった。彼はそう思った。

レイには出来るだけ戦場に出さないように、後方支援や斥候という役割を与えていた。

まだ幼いレイに、無理をさせるわけにはいかなかったからだ。

レイの言う通り、後方にそこまで戦力を割く余裕はない。

最悪の場合、リディアに出陣してもらうべきかとも考えていたが、彼女には別の戦場もある。

既に出陣要請もきている。

リディアが欠けてしまえば、最前線は一気に崩れてしまうだろう。

「レイ。確かにお前の戦力はかなりのものだ。エインズワースに迫る実力であることは認める。だが、そんなことは――」

「中佐。レイを行かせてやってください」

ここでヘンリックを遮るのは、まさかのリディアだった。

「エインズワース。分かっているのか、最悪の可能性も……」

「現状、レイが単独で撃破するのがベストでしょう。私だけではなく、他のメンバーも今の戦場を離れるわけにはいかない。私もすぐに戻らないといけません」

「いいのか、エインズワース」

「はい。レイならば、やってくれます」

「そうか……」

他のメンバーも特に口出しすることはなかった。

レイならばやってくれる。

そんな期待があったからだ。

「レイ。無理はするな。仮に接敵した場合、どうしても撃破が不可能と判断したときは、すぐに下がっていい。後処理は、こちらでどうにかしよう」

「はい。ありがとうございます」

頭を下げる。

まるで冷め切ったような表情。

レイの瞳は、一切の光が宿っていないようだった。

「レイ」

「何でしょうか」

出陣しようとするレイに声をかけたのは、アビーだった。

「こんなことを、お前に言うべきではないのは分かっている。分かっているが、言わせて欲しい」

「……」

「どうか、どうか……仇を、討って欲しい」

　絞り出した言葉。

　アビーは極東戦役の中で、頭角を現していた。卓越した魔術、戦況を読む能力、特筆すべきは圧倒的なカリスマ性。

　軍の上層部では、アビーを佐官に昇進させるという決定も既に下されている。

　そんな彼女が、血が出るほどに拳を握り締めて、レイに懇願している。

「任せてください。仇は、必ず討ちます」

「……すまない」

　レイはそのまま出ていく。

　残されたアビーは、そっとキャロルに抱きしめられる。

「アビーちゃん。大丈夫だよ。レイちゃんならきっと」

「あぁ。そうだな……」

　キャロルも反対したかったが、あの様子のレイを見て反対などできなかった。

　残った全員が悲しみに包まれる。

　一方、戦場へと向かうレイは、淡々と相手のことを分析していた。

（残った魔術の兆候は、どこかおかしかった。第一質料《プリママテリア》が淀《よど》んでいた。いや、もしかして、第一質料《プリママテリア》ではない何か。魔術に長《た》けているという先入観を捨て、相手が別の技術を使っているとしたら？）

来《きた》るべき戦いのために、脳をフル回転させる。脳内に巡るあらゆる可能性。

復讐心という感情はあるが、レイは絶対に勝利するという理性の方が上回っていた。

感情的になっても勝てる相手ではない。

レイはそのことを、誰よりも分かっていたから。

だから、レイはすぐに単独で出撃した。

ハワードの復讐を果たすために。


「この先だな」

先ほどの戦場に戻ってくると、森の方へと続いていく血痕をレイは発見した。

森の中には仲間の死体が転がっていて、血もまだ新しい。

すると、ちょうど視線の先に少女を発見した。

彼女の足元には幾多もの死体が転がっていた。

「あっは。やっと来た。しかも、当たりだ」

積み上げられている屍《しかばね》の上に座っていた彼女は、レイを見つけると嬉《うれ》しそうに笑った。

「気分はどう？　天気も良くなったわね」

「……」

「あら、お喋《しゃべ》りは嫌いかしら？」

「──す」

「ん？　なんて言った？」

一瞬の出来事だった。

聞き返すフィーアの背後に回ったレイは、氷剣によって彼女の右腕を容赦なく切断した。

「──お前は殺す」

「チィ‼」

ふざけているようで、フィーアはずっと臨戦態勢を維持していた。

どんな攻撃が来たとしても、対処することができるとフィーアは思っていたが、レイはそれを完全に上回る。

フィーアは距離を取って様子を見る。

溢《あふ》れ出《で》る第一質料《プリママテリア》がレイを包み込んでいく。

レイの殺気は全て彼女に向かっている。

殺す、という意識が周囲に飛び散っているかのようだった。

あまりの勢いにバチッ、バチッと第一質料《プリママテリア》が弾《はじ》ける。

髪の毛は純白に染まり、肌からも色素が抜けていく。

加えてレイの瞳は、金色に変化していた。

まるで、レイを構成している全てが、第一質料《プリママテリア》に変換されているようだった。
ハワードの死を経験し、レイは覚醒した。
自分の能力の本質を全て理解した。
悲しみという感情は奇《く》しくも、レイの全てを引き起こしてしまったのだ。
「あはは！　やるねぇ！　でも、これならっ‼」
腕は切断されたが、すぐに止血してフィーアは戦闘に入る。
レイに座標を固定して、魔術ではなく魔法を発動した。
第一質料《プリママテリア》が発生する兆候はない。コード理論も適用されることはない。
ただ、空間が一瞬で歪曲《わいきょく》していく。
「は？」
フィーアは信じられないものを見た。
レイは氷剣によって、彼女の魔法を切り裂いた。
手に握られているのは、緋色《ひいろ》に染まる真っ赤な氷剣。
「——赫冰封印《バンドラ》」
レイは自分の本質を応用して、全ての物質を切り裂く氷剣を生み出した。
たとえそれが、第一質料《プリママテリア》ではない未知の物質や現象でも関係はなかった。

あらゆるものを零《ゼロ》に還《かえ》す能力こそが、レイの本質である。

「減速、固定。そして、還元。自分の力の本質が、ようやく分かった」

「ほざけえええええええええ!!」

魔法を放ち続ける。

魔術などとは比較にならない威力。

並みの魔術師であれば、何度死んでいるか分からないほどの攻撃。

レイは嵐ともいうべき攻撃の中で、静謐《せいひつ》に佇《たたず》んでいた。

あらゆる攻撃を還元し、全てを零に還す。

「私の魔法——第零質料《アカシックマテリア》が効かない⁉　あり得ない！　あり得ない！　魔術なんて落ちぶれた技術を使っている奴《やつ》らに、負けるなんてこと!!」

フィーアは懸命に攻撃を続ける。

レイはゆっくりと歩みを進める。

徐々に縮まっていく距離。

後退《あとずさ》りながら、彼女はレイの双眸《そうぼう》を見てしまった。

何も映らないような金色の瞳。

レイが特別な存在であるのは、七賢人《セブンセイジ》の中で共有はされていた。

だが彼女は、戦ってみたかった。

レイという存在に打ち勝つことで、自分の方が特別だと示したかったのだ。

その好奇心が、自分を殺すことになるとも知らずに。

「クソ、クソ、クソ!! どうして、どうして!?」

焦りが目立ち始める。

一向にレイに攻撃は効かない。

魔法の全ては、もとである第零質料《アカシックマテリア》へと還元されてしまうからだ。

ついに超近接距離《クロスレンジ》に突入したレイは、一気に加速した。

「これなら――!!」

頭上から迫りくる、巨大な火球。

いや、もはや隕石《いんせき》と言った方がいいかもしれない。フィーアはレイに攻撃をしつつ、これを狙っていた。

「……」

一刀両断。

レイにその攻撃は通用しなかった。

緋色の冰剣によって、巨大な火球は真っ二つに切り裂かれてしまった。

パラパラと溢れ出る粒子は、まるで雪のように舞い散っていく。

フィーアは理解する。

こんな化け物には、勝てるわけがないと。

自分とは存在の次元が違う。

彼女はすぐに逃げる態勢に入るが、既に足元は凍りついていた。

「キャッ！」

勢いよく倒れてしまうフィーアを、レイは見下ろす。

「待って！　殺さないで！」

「今まで同じ言葉を無視して、どれだけの人間を殺してきた」

「それは──」

言い返すことはできなかった。

「お願い！　許して！　あなたたちの仲間になるから！　お願い、殺さないで!!」

「……」

氷剣を心臓に向けて、突き立てようとする刹那。

フィーアは地面に手をついて、魔法を発動した。

「ふふ。バーカ。所詮はガキだったね」

地面から溢れ出てくる氷の刃《やいば》。

この距離ならば、無効化する暇などあるわけがない。

命乞いも含めて、全ては計算の上だった。

誘い込むことさえできれば、勝機はあるとフィーアは考えていたが……。

「……は？」

「もう、終わりにしよう、、、」

レイに刃が届くことはなかった。
全てが真っ白な粒子へと還元されていたからだ。
「ま——!!」
待って!! という言葉は最後まで発せられなかった。
レイは一瞬でフィーアの全身を氷で包み、砕いた。
跡形もなく、フィーアだったものが砕け散った。
舞い散る氷片をレイは淡々と見つめる。
あまりにも一方的な戦いだった。
あれだけ戦場で暴れていたフィーアを、レイは圧倒的な力で捻《ひね》り潰した。
初めて人を殺したというのに、レイは何も感じることはない。
そして、自身の本質を理解したレイは、もはや世界最強と呼ぶべき魔術師になった。
数多くの——犠牲と悲しみを糧にして。
レイは空を見上げる。
「ハワード。終わったよ」
とても優しい声音だった。
けれど、レイは一筋の涙を零《こぼ》す。
復讐は終わったが、レイの心には傷跡が残り続ける。
決して癒える事のない深い傷が。

復讐を果たしたことによって、レイが満たされることはなかった。

ハワードが帰ってこない事実に、変わりはないから。

レイは背を向け、基地へと戻っていく。

もう彼を止められる人間など――存在しない。

◇

戦況が大きく動く中、ついに他の七大魔術師たちが極東戦役に参戦しようとしていた。

「ルーカス」

「はい。師匠」

まだ幼いルーカス＝フォルストは、師匠である絶刀《ぜっとう》の魔術師――バルトルト＝アイスラーの内弟子として生活していた。

家族はなく、孤児として育ったルーカスは剣の才能を見抜かれ、バルトルトの弟子として剣技の習得に励む日々を送っている。

バルトルト＝アイスラー。別名、絶刀の魔術師。

バルトルトは初老であり、引退も考える年齢になった。けれど彼は生涯現役を掲げており、見た目に反してその体は研ぎ澄まされている。

一切無駄のない筋肉。もちろん、贅肉《ぜいにく》などあるはずもない。

剣に全てを捧《ささ》げ、その人生を費やしてきたのだから。

「王国軍から召集があった」

「もしかして、出兵するのですか？」

「うむ。だが決して一兵士として戦場に参加するわけではない」

「以前お言葉にしていた、導きのことでしょうか？」

「そうだ。これはすでに運命であり、避けることはできない」

導き。

バルトルトはルーカスに対してそう語っていた。いずれ近い未来、敵対する存在と戦う時がやってくると。

それこそがこの世界の巡りであり、避けることはできない因果でもあると。

「どうやら他の七大魔術師もやってくるようだが、俺は協力するつもりなど毛頭ない。王国軍からの依頼は、強力な敵対存在を一人屠《ほふ》ってくれたらいいと言うものだ」

「なるほど」

「この刀が鈍っていないか、試すのもいい頃合いだろう」

光り輝く刀身を見つめながら彼はそう言葉にした。

「手出しはするなよ。敵は俺が一人で殺す」

「分かりました」

ルーカスは恭しくその場で頭を下げた。

ついに絶刀の魔術師が極東戦役に参戦する。


「先生！　どうかお元気で！」

「マリウス先生、さようなら！」

「先生。私、もっと魔術が上手《うま》くなるように頑張ります！」

「先生のいない学院なんて、本当に寂しいですっ……！」

数多くの生徒に囲まれている男性がいた。

アーノルド魔術学院の校門の前はこれでもかという人で溢れ、その中心で花束を持って笑顔を浮かべている男性がいた。

燐煌《りんこう》の魔術師――マリウス＝バセット。

胸まである栗色《くりいろ》の艶《あで》やかな髪を、今日は後ろで一つにまとめていた。

「皆さん。今まで本当にありがとうございました。皆さんがいたからこそ、私も多く成長することができました」

マリウスは本日をもって、アーノルド魔術学院の教師を辞職する。

今まで数多くの生徒を育て、その中には七大魔術師であるリディア＝エインズワースやリーゼロッテ＝エーデンも含まれている。

マリウスが教師を辞職すると言ったのは一ヵ月前のことである。

その際には、学院中に大きなニュースとなって悲しみの声が上がった。

きっと、彼以上に愛された教師は王国にはいないだろう。

「それでは、皆さんにどうか幸せがあらんことを」

校門の前で丁寧に礼をすると、彼は後ろを振り向くことなく歩みを進めていく。後ろからはまだ彼を呼ぶ声が聞こえてくる。それだけマリウスは愛されていたのだ。

そしてちょうど曲がり角を曲がって、生徒たちの姿が見えなくなった時、小さな少女がぴょんと飛び出してきた。

「マリウス！　遅いぞ！　遅刻じゃっ！」

現れたのは比翼《ひよく》の魔術師――フランソワーズ＝クレール。

幼い容姿をしているが、実年齢は六十歳に迫っている。

「申し訳ありません、フランさん。生徒たちのお見送りが、予想以上でして」

「まぁ、それは仕方ない。マリウスは愛されておったからの」

「はい。ありがたい話です」

一見、この場には二人しかいないようだが、フランの後ろにはもう一人女性が立っていた。

「リーゼさん。お久しぶりです」

「……先生。お久しぶりです」

虚構《きょこう》の魔術師――リーゼロッテ＝エーデン。

真っ黒なコートにロングブーツという服装は、昔から変わらない。

リーゼロッテを見て、マリウスはニコニコと微笑《ほほえ》みながら捲《まく》し立《た》てるように話し始めた。

「どうですか？　研究者として上手くやっていますか？　それに、七大魔術師に任命されたようですね。改めておめでとうございます。でも、リーゼさんはいつかきっとそうなると思っていました。私が見てきた教え子の中でも、あなたはとても優秀でしたから。それと――」

「……先生。相変わらずですね」

リーゼの冷たい声音を聞いて、マリウスはハッとしてから照れたような仕草で頭を掻《か》き始める。

マリウスの悪い癖なのだが、昔の教え子に会うとどうにも饒舌《じょうぜつ》になってしまうのである。

「マリウス。絶刀もすでに向かっているようじゃ」

「そうですか」

打って変わって真剣な表情になるマリウスは、前に流している髪の束を後ろへと持っていく。

そして、三人揃《そろ》って歩き始める。

「マリウス。これはお節介じゃが、良かったのか？　何も教師を辞める必要は、なかったのではないか？」

「そうですね。休職という形にして、戻ってくるという選択肢もありました。でも、これから為《な》すことを考えれば、もう私に教師の資格はないでしょう。そうですね。全てのことが終われば、世界中でも旅をしたいと思います。そこで、色々なものを見たいですね」

「そうか。やはりお前は優しい子じゃな」

「恐縮です」

マリウスが教師を辞める本当の理由は、極東戦役に参加することになったからだ。

もっとも、参加する七大魔術師は軍人になるわけではない。

彼、彼女たちはある運命のもと、進むと決めただけである。

「ついに、ですね」

「そうじゃの」

「相手の組織名は、七賢人《セブンセイジ》。すでに紺碧と雷鳴を殺しています」

リーゼは淡々とした様子で戦況を語る。彼女は情報収集を得意としており、この戦争の背後にある七賢人《セブンセイジ》にまで辿《たど》り着《つ》いていた。

その言葉を聞いて、マリウスは天を見上げる。

「そうですか。それでは改めて向かいましょうか。その存在を——殺すために」

◇

それから三人は無事に戦場の最前線にたどり着いた。

「リーゼ。別についてこなくてもいいんじゃぞ？」

「……心配なので」

「おぉ！　リーゼは本当に優しい子じゃのう！　マリウスもそう思わんか⁉」

「はい。そうですね」

「いえ。別に」

マリウス、リーゼ、フランの三人は戦場の中で悠然と歩みを進めていた。

至るところに血が飛び散っているような戦場。

最前線は苛烈を極めていた。

「さて、と。そろそろ来る頃かの？」

「そうですね」

立ち止まる。

何もないただの荒野だった。

目の前には水平線が広がり、一見すれば何もないような空間に思える。

三人の対面には、二人の人間が歩みを進めてきていた。

黒髪短髪で眼鏡をかけた利発そうな男性。

その隣にはオレンジ色の髪をくるくると指先に巻き付けながら、気怠《けだる》そうな雰囲気をまとっている少女もいた。

「ふむ。どうやら、燐煌、虚構、比翼がきたようですね」

「はぁ、だる。早く殺して帰りたいんだけど？」

「ツヴァイ。これは任務ですよ。気を引き締めてかかりなさい」

「はいはい。分かったよ、ゼクス」

二人と対峙《たいじ》するように、フランが先頭に出ていく。

「こほん。お主たちが、七賢人《セブンセイジ》じゃな？」

「どうやらこちらのことも調べているようですね」

「もちろんじゃ」

「そうですか」

あまりにも張り詰めた一触即発の状況。

この雰囲気の中であっても、フランは冷静に話を続ける。

「七大魔術師は巡る。そして、お主たちも同様。こうしてぶつかり合う時が来るのは運命で決まっておる」

「そうですね。あなたはとても聡明《そうめい》だ。気に入りましたよ、比翼」

「ふん。ま、どうでもいいがの。さて」

フランは小さな体を軽く揺らしながら、ボソリと呟《つぶや》く。

すると周囲には真っ赤な第一質料《プリママテリア》が弾けるようにして顕在化していく。

すでに戦闘態勢に入りつつあるフランを見て、ゼクスはニヤリと笑う。

「あぁ、僥倖《ぎょうこう》ですよ。ここまでゴミのような人間たちを殺してきてよかった。あなたのような存在と出会えて、私は幸せですよ」

「抜かせ小僧。その罪、ここで償わせてやる」

二人が完全に臨戦態勢に入っている隣で、リーゼは淡々とその様子を見つめていた。

そんな彼女の正面には、ツヴァイがゆっくりと歩みを進めていた。

依然として気怠げな様子で。

「ねぇ、あんたが虚構でしょ？」

「はい」

「殺してもいい？」

「私は見学なので。先生、あとは任せますね」

リーゼはあっさりと後ろに下がっていく。

入れ替わるようにして出てくるのは、マリウスだった。

「すみません。教え子に任せるわけにも、いかないので」

「あっそ。それにしてもあんた、ちょっといい顔してるね」

「恐縮です」

「頭だけ持ち帰って、標本にしてあげる」

「ふふ」

「何がおかしい？」

マリウスは思わず笑ってしまった。

「出来もしないことを口にするので、つい。申し訳ありません。初対面の方に対して、失礼でしたね」

「ハハハハ！　ねぇ、あなたは私を楽しませてくれる？」

「私はこれでも元教師でして。楽しませることは分かりませんが、教えることはできますよ？」

「何？　授業でもしてくれるの？」

「残念ながら、あなたにお教えすることはありません。これから先は、殺し合いになりますから」

ツヴァイはオレンジ色の長い髪を靡《なび》かせながら、加速する。

普段はやる気がなさそうな言動が目立つが、実力は折り紙付きである。

「どうやら、身体強化に特化した能力のようですね。魔術的な兆候が一切見られません。第一質料《プリママテリア》に揺らぎがないようですからね」

空振り。

ツヴァイの大振りの攻撃はマリウスを捉えることはなかった。

その細い腕から繰り出される攻撃は、受け止めることさえ不可能。

彼女は素手で人間を肉塊にすることすらできてしまうのだから。

この戦場において、ツヴァイの豪腕によって築き上げられた死体は数えることすらできない。

「なるほど。おおよそ、理解しました」

瞬間、マリウスを中心にして大量の第一質料《プリママテリア》が放出された。

全ての第一質料《プリママテリア》はまるで生きているかのように、宙を漂っている。

ツヴァイはと言えば、若干の焦りが見えていた。

今までの戦闘ならば、相手に触れた瞬間に決着していたが、マリウスにそんな隙などない。

得体の知れない何かと戦っている感覚を、彼女は覚えていた。

「第零質料《アカシックマテリア》。第一質料《プリママテリア》だけでなく、この世界に超常現象を起こす根源となる物質が、別にあることは分かっていました。厳密には別ではなく、同一というべきかも知れませんが」

マリウスは、自分の意見を交えて語り始めた。

もちろんそれに苛《いら》つかないわけがない。さらにツヴァイの攻撃は加速していく。

大地は抉《えぐ》れ、空間を引き千切るような豪腕の一撃。

一撃でも食らってしまえば死がやってくるというのに、マリウスはやはり冷静だった。

「早く死ね。死ね。死ね。死ね。死ねえええッ！」

ツヴァイは感情のままに吠《ほ》える。

オレンジ色の髪を激しく揺らしながら突撃していくが、マリウスの魔術は相手を寄せ付けない。

光り輝く幾多もの線が、マリウスを守っているからだ。

彼の本質は、接続。

溢れ出る第一質料《プリママテリア》を点と認識して、それらをつなげて線にする。金色の線は触れれば、ただでは済まない。

人間の肉体など、あっさりと切断してしまう高出力のエネルギーだからだ。

攻撃にも防御にも使えるこの魔術は、七大魔術師に相応《ふさわ》しいものだった。

「第零質料《アカシックマテリア》を使用した魔法と呼ばれるものは、コード理論のように余計な手間がありません。つまりは心的イメージをそのまま反映できる。だからこそ魔法は純粋な力という点では、現代魔術よりも優れていると思います」

マリウスの圧倒的な力は、確実にツヴァイを追い詰めていた。

大量の第一質料《プリママテリア》と、繋《つな》がっていく点と点。

幾重にも交差する線は、ツヴァイを追い込んでいく。

「では、現代魔術の優れている点はどこか？　コード理論は確かに余計な手間かもしれない。しかしそのおかげで魔術は体系化され、人類に欠かせない技術として浸透するようになりました。やはりその根幹にあるのは創意工夫。人は望むものを歴史の中で数多く生み出してきました。魔術も同様です。リーゼさんは退化と定義しているようですが、私は変化と言いたいところですね」

「うるさい、うるさい、うるさい、うるさい!!」

マリウスの発言は自分の仮説を確認している作業に過ぎない。こうして第零質料《アカシックマテリア》を使用する人間と対峙して、分析し研究しているのだ。

さらに今までの自分の持っていた研究データと照らし合わせて、マリウスはおおよその答えを得ていた。

「さて、もう十分ですね」

刹那。

幾重にも重なる線が消えたと思ったら、一本の線が彼女の心臓を貫いていた。

「う……ごほっ……血……？　今、何が？」

理解できない。

そんな顔をしていた。口からは止《と》めどなく血液が溢れ、胸には小さな穴が開いていた。

「心臓を貫き、内部から破壊しました。後は時間の問題でしょう」

「い、いつの間に……？」

「それに答える義理はありません。今回はとても勉強になりました。ありがとうございます。では、私はこれで」

戦闘を終えたマリウスのもとにリーゼロッテが近寄ってくる。

「先生。流石《さすが》でした」

「勉強になりましたか？」

「はい。とても」

マリウスとリーゼが話している光景が、徐々にぼやけていく。

「わ……わ、私……は……」

ツヴァイは、ゆっくりと息を引き取っていた。

マリウスは彼女の瞼《まぶた》を下ろす。

最後に十字を切って、手向《たむ》けの言葉を送った。

「――どうか、安らかに」


「どうやら、マリウスの方は終わったようじゃの」

戦いを繰り広げながら、フランは自分の後方で行われていたマリウスの戦闘が終了したのを感じ取った。

「バカな……あのツヴァイが負ける、だと？」

ゼクスもまた決着の瞬間を目撃していた。

やはり、自分たちが第零質料《アカシックマテリア》を有する特別な人間だと思っていたからだろう。神に選ばれし、特別な存在。

それが、たかが魔術を使う普通の人間に敗北したことが彼には信じられなかった。

「フランさん。終わりましたよ」

戦いを終えたマリウスが、フランに声をかける。

「うむ。見事じゃな」

「手伝いましょうか？」

「いいや。一人で十分じゃ」

「分かりました。では、私とリーゼさんは後ろで控えていますので」

「うむ」

マリウスはそう言うと、少しだけ離れたところに位置を取る。

どうやら戦闘に参加するつもりはなく、フランとゼクスの戦いを見守るようだった。

「舐《な》めているんですか？」

「お前はこの我一人で十分じゃ。これは事実に過ぎん」

「いいでしょう。これは最後までとっておこうと思っていましたが、認識を改めます。あなたたちは確実に殺します」

瞬間。

ゼクスの体からは、大量のドス黒い粒子が溢れ出てくる。それは第一質料《プリママテリア》ではなく、第零質料《アカシックマテリア》と呼ばれているものだ。

それが一気にこの周辺の領域を覆っていくと、周囲は暗黒に支配されてしまった。

「邪魔をしてこないとは、本当に私のことを舐めているようですね」

「さっきから言っておるじゃろう。ただの事実であると。小僧、御託はいい。さっさとかかってこい」

「……殺す」

静かな怒りを灯《とも》しながらゼクスが両手を天に掲げると、彼の手中には黒い塊が生成されていく。その中には紅蓮《ぐれん》の炎《ほのお》も混ざっており、赤と黒の禍々《まがまが》しい球体が生み出されていた。

そして、球体が弾け飛んだ。

「──精神掌握《グラスプ》」

飛散した粒子が一気にフランへと流れ込んでいく。

不可避の攻撃であり、どうやっても避《よ》けることはできない。

ゼクスの本質は第零質料《アカシックマテリア》を使用した精神掌握である。この極東戦役で数多くの兵士の心を操り、同士討ちをさせるなど非人道的な魔法を使い続けていた。

「死ね」

すでにゼクスはフランの精神を掌握している。彼女は先ほどの態度とは打って変わって、だらんと腕を下げてその場に茫然《ぼうぜん》と立ち尽くしている。その瞳にも生気が宿っているようには見えず、まるで死人のようだった。

しかし──フランに変化は起きない。

「どういうことだ？　私の魔法は発動しているはずだッ‼」

ゼクスは大声を上げるが、依然として魔法は発動しない。

「ねぇ。あなた、私たちをどうにかできると本当に思っているの？」

後方から、女性の声が聞こえてきた。

彼はバッと振り向く。

するとそこにいたのは、フランと全く同じ容姿をした人間が立っていた。

「ふむ。なかなかいい攻撃じゃったが、やはり我には届かんの」

前後にいるのは、どちらもフランだった。

比翼の魔術師。七賢人《セブンセイジ》であっても、七大魔術師の本質を全て知っているわけではない。

その中でも比翼の魔術師は謎に包まれている。

七大魔術師としては最も長く活動を続けているが、その本質を知る人間は殆《ほとん》どいない。

否——殆ど会ったことがないと形容すべきだろう。

なぜ彼女の名前が比翼の魔術師なのか。

その理由は、フランという人間が二人存在しているからだった。

「フラン。あなた、私を出すのならもうちょっと前から相談してくれない？」

「そうは言っても、ララン。お主はいつも表に出るのは嫌がるじゃろ」

「まぁね。今回はどうしてもっていうから出てきたけど、この雑魚《ざこ》なに？」

ゼクスを挟むようにして二人は会話を続ける。

「私の攻撃が効かない、だと？」

フランたちは、唖然《あぜん》としているゼクスなど全く気にしてないようである。

「この雑魚、殺すの？」

「うむ。致し方ないことじゃ」

二人は前後で挟み込むような形で魔術を発動した。

「──質料断裂《マテリアルディバイド》」

ゼクスは魔術の発動の兆候を感じ取った瞬間に防御障壁を展開。自分の攻撃が通用しないからと言って、まだ決して負けたわけではない。

まずは相手の攻撃を見て、反撃の機会を窺《うかが》うべきだと思っていたが……彼の体は既に縦に綺麗《きれい》に裂かれてしまっていた。

「な……これほど……と……は……」

最期の言葉を残してゼクスは絶命した。

そして、戦闘が終了した二人のもとにマリウスとリーゼが近づく。

「ララン さん。お久しぶりです」

「……どうも」

マリウスとリーゼロッテが挨拶をし、それにラランが応える。

「マリウスとリーゼじゃない。元気してた？」

「はい」

「ええ」

二人の言葉に対して、ララシは嬉しそうに微笑む。

「そう。それは良かったわ。あなたも力を使ったみたいね」

「はい」

フランの本質は分裂。

彼女は幼少期に気がついたのだ。自分の中に、もう一人の自分が存在していることに。

成長するにつれて、魔術の本質が分裂にあることに気がついた。容姿は魔術の影響でほぼ変化せず、彼女の中にはララシというもう一人の人格が宿るようになった。

互いに本質は同じだが、性格はまるで逆。またララシが表に出ることは殆どない。

彼女を知る者はそれこそ、マリウスなどの親しい人間に限られてくる。

「ふぅ。終わったようじゃの」

「私を呼ぶなんて、よっぽどの相手と思ったけど。こいつ、魔術を使ってなかったわね。前からあなたが研究していたやつ？」

「そうじゃな。ま、とりあえずは我たちのやることは終わった。帰るかの」

「もう戻ってもいい？」

「いいぞ、ララシ」

「はーい」

そして、ララシの体が粒子へと変化していくと、フランの体内へと還っていく。

深夜の森の中は異様な雰囲気に包み込まれていた。

猛禽《もうきん》類の鳴き声と、虫の鳴き声。

さらには周囲にはまだ回収されていない死体もあった。

そんな不気味な森の中に二人の人間が入っていく。

一人は少年であり、もう一人は初老の男性だった。

鋭く研ぎ澄まされた雰囲気と眼光。

腰に差している刀を軽く握りながら、彼は歩みを進める。

絶刀の魔術師──バルトルト＝アイスラー。

剣のために人生の全てを捧げ、その刀剣の扱いにおいてこの世界で右に出る者は存在しない。純粋な剣士ではあるが、あまりにも卓越した技量から彼は七大魔術師の一人として登録されている。

「どうやら、俺の相手は絶刀か。しかし、全盛期はとうに過ぎている爺《じい》さんかよ。興が削《そ》がれるぜ」

暗闇の中から出てくるのは、真っ赤な髪を刈り上げている男性だった。年齢は二十代くらいに見え全体的にかなり厚みのある体である。それこそ、いくら鍛錬を続けているとはいえ初老のバルトルトとは比較にならないほどの体軀《たいく》だ。

「ルーカス。下がっておれ」

「はい。師匠」

静かな声でバルトルトはルーカスに伝える。

「子連れかよ。全く俺の相手はハズレときた。なぁ、爺さん。せいぜい楽しませてくれよ？」

「……」

七賢人《セブンセイジ》の一人であるドライは横柄な口調でバルトルトに語りかけるが、既にその声は彼には届いていないようだった。

「爺さん。俺は、たとえ誰であっても容赦することはねぇ」

「……」

「は。だんまりかよ。じゃあ、大人しく死ねやあああぁッ!!」

溢れ出る暗黒の粒子。それが一気に収束していくと、バルトルトは炎の海によって囲まれてしまう。徐々に温度も上がり、地面がドロドロと溶け出して融解するほどにまで高まっている。

そんな中、バルトルトは目を瞑《つぶ》りじっと刀を握っている。

着ている服は焼け爛《ただ》れ、皮膚が完全に見えてしまっている。おそらく一分もしない内に骨ごと焼き尽くされてしまうのは自明だろう。

そんな様子をドライは口元を歪《ゆが》めながら不敵に嗤《わら》っていたが、すぐに彼は信じられないものを目にする。

「――第一秘剣、瞬雷《しゅんらい》」

抜刀。

居合い抜きの要領で放たれた一撃。真横に抜いたことで生まれた斬撃は炎の海を貫通し、ドライの上半身と下半身を分けるようにして切断した。

「あ……は？　おい……これは、どうなってや……が……る？」

ドライは何が起きたのか分からないまま、血溜《ちだ》まりの中へと沈んでいく。

炎の海も、すぐに掻《か》き消えていった。

バルトルトはゆっくりと納刀した。

彼の所作は一挙手一投足が滑らかであり、研鑽《けんさん》の歴史が窺えるようだった。

「師匠。お見事でした」

「うむ。相手もなかなかの手練れではあったが、油断は禁物。ルーカス。それは心しておけ」

「はい。もちろんです」

「……四人死んだ」

帝国の地下空間。

そのある一室でアインスはワインを傾けながら、七賢人《セブンセイジ》の一人であるフュンフの声を聞いた。

「フュンフ。それはどちらの話だ？」

既にアインスは分かっていることではあるが、敢《あ》えてフュンフに尋ねた。

「七賢人《セブンセイジ》の四人。ツヴァイ、ドライ、フィーア、ゼクス」

「なるほど。まぁ、元々あの四人は残っている七大魔術師には届かないと思っていた。予想の範疇《はんちゅう》だろう」

アインスにとっては、同じ仲間ですらただの駒に過ぎない。自分が思い描くシナリオにおいて、いつかどこかで死ぬのは確定事項だった。

アインスは決して、七大魔術師のことを過小評価していなかった。

厳密に言えば、現代魔術のことを彼は正当に評価していたのだ。

魔法とは絶対的なものではない。

威力、速度、規模など総合的には、第零質料《アカシックマテリア》を使用した魔法に軍配が上がるだろう。

けれど、第一質料《プリママテリア》とコード理論を駆使した現代魔術よりも、完全に優れているなどとはアインスは考えていないからだ。

全ては使い手次第。創意工夫によって魔術でも魔法を凌駕《りょうが》することはあり得るのだ。

「……アインス。次はどうするの？」

「戦況はかなり大詰めだ。あの四人がいなくなったことで、王国軍はかなり優勢になる。これは、勝敗などどうでもいい戦争だ。必要なのは揺らぎと、彼という存在。だが、あの女が目障りだな」

「……リディア＝エインズワース？」

「そうだ。彼女の存在はこの盤面において、もう必要はない」

「……分かった」

コクリと頷《うなず》くフュンフ。

まだ幼い少年であり、戦況を理解できるような年齢ではないが、彼は全てを理解していた。

これからの戦況において、自分がどのように振る舞うべきなのかということを。

「フュンフ。やってくれるか？」

「……もちろん。僕は刺し違えてでも、あの女を殺すよ」

「ふふ。それは助かる」

「……うん」

不敵に微笑む。

ここまで長いようで短い道のりだったと、アインスは考える。

何年もかけて、計画通りに進めてきた。

どれだけの血が戦場で流れようとも、彼にとって手段の一つに過ぎない。

人の尊厳など踏みにじるのが当然と考えているため、心が痛むことなど決してない。

全ては真理世界《アーカーシャ》に到達するための過程でしかないのだから。

そして彼は、独り言のようにどこか遠くを見ながら話し始める。

「あぁ、レイ。もう少しだ。もう少しで、会うことができる」

第六章 零《ゼロ》に還る

七大魔術師の活躍により、戦況は大きく変化した。

戦場で暴れていた七賢人《セブンセイジ》がいなくなったことで、王国軍が圧倒的に優勢になった。

相変わらず極東戦役は長引いているが、終わりの兆しがやっと見えてきた。

そんな中で、獅子奮迅《ししふんじん》の活躍をするのはリディアとレイである。

リディアは既に、戦争の英雄と呼ばれ始めていた。

魔術師としても、完全に成熟した。

まるで手足のように扱う彼女の氷剣は、戦場において圧倒的だった。

逆に、レイの活躍はあまり知られていない。

その理由は、彼が単独で出撃することが増えていたから。

ハワードの復讐《ふくしゅう》を果たした後、レイは一人になることが多くなった。

作戦は全て一人でこなしてしまう。

特殊選抜部隊《アストラル》のメンバーは気がついていた。

レイはもう、リディアを超える魔術師になってしまったと。

戦場でただ一人、無双する少年。

圧倒的な物量の魔術を還元で無効化し、氷剣によって次々と敵を屠《ほふ》っていく。

自身の本質を応用した絶対不可侵領域《アンチマテリアルフィールド》もレイは使用していた。死角はなく、どれだけの数の敵が来ても知覚し、魔術を無効化する。

そして、縦横無尽の剣戟《けんげき》。

一度に展開できる氷剣の数は、リディアの倍の百以上。

圧倒的な物量に、絶対防御。

たとえ魔術師として完成されたリディアであったとしても、レイに敵《かな》うことはない。

「レイちゃん」

一度、レイの今の戦力を確認するという名目で、キャロルがレイと共に戦場に向かったが、あまりにも一方的な戦いに彼女は恐怖した。

血溜《ちだ》まりの中に、一人でポツンと立つレイ。

まさに、修羅と呼ぶに相応《ふさわ》しい。

恐怖に震えそうになるキャロルだが、いつもの声色でレイを呼ぶ。

「……キャロルか」

返り血を拭ってから、キャロルのことを見つめる。

荒《すさ》んだ雰囲気だが、彼女はにこりと笑う。

「終わったの？」

「あぁ。終わったよ」

「じゃあ、帰ろっか」

「あぁ」

今のレイを見てもキャロルはいつものように接してくれた。

優しく微笑《ほほえ》んで、レイのことを迎えてくれた。

それがレイにとって、唯一の救いでもあった。

復讐を果たし、魔術師として大成したレイは、彷徨《さまよ》い続けていた。

この戦争の終わりを目指して、レイは今日も一人で戦い続ける。

そして、極東戦役に参戦して二年が経過しようとしていた。

レイはもう十二歳になる。

まだ幼いというのに悲惨な世界を目撃した彼は、どこへ向かうのか――。

◇

俺は一人で外に出てきていた。

本当に一人になることが多くなったと思う。今となっては、誰かと会話するほうが珍しいくらいだ。

先ほど作戦会議室において次の作戦が下された。おそらくは最後の戦いになるだろうと。

王国軍が一斉に仕掛け、相手が降伏するしかない状況を作り上げる。

すでに勝利は目前だが、そこに喜びなどないし、安堵《あんど》感もない。

無機質なまでに、凍《い》てつくような俺の感情は揺れることはない。

「……」

綺麗《きれい》な星空を見つめつつ、ふと今までのことを思い出してしまう。

膨大な数の死を経験し、それでも前に進んできた。けれど、この先に待っているのは何なのか。今の俺には全く予想もつかなかった。

「レイ。どうした、こんなところで」

「師匠」

やってきたのは師匠だった。

長い金色の髪を靡《なび》かせながら、彼女は俺の方へと歩みを進めてくる。

師匠とこうして二人きりになるのは何だか久しぶりだった。

「レイ。ついに最後の戦いだ」

「はい」

英雄、リディア＝エインズワース。

師匠はこの極東戦役での活躍により、少佐へと昇進。そして周りからは英雄と称《たた》えられていた。百戦錬磨の魔術師であり、彼女が出陣する戦場で敗北などありはしない。

王国軍の士気が高く維持されているのは、師匠のおかげだろう。

皆が思っている。この戦場は英雄である師匠さえいれば勝つことができると。その希望に思いを馳《は》せて、仲間たちは戦っている。

「ついに終わろうとしているな」

「そうですね。やっと、終わるのかもしれません」

ただ俺たちは、静かにその場に立ち尽くす。

「身長。伸びたな」

「そうですか？」

「あぁ。もう少しで私を追い抜きそうだ」

「確かに、もう同じくらいになりましたね。昔は見上げていることが普通だったのに」

身長は師匠と同じくらいまで伸びていた。魔術適性が高い人間は、早熟な傾向にある。そのこともあって、俺はこの戦争の中で肉体的にかなり成長していた。

もう師匠を見上げる必要がないくらいに。

「レイ。この戦いが終わったら、どうする？」

「どうする、ですか？」

「あぁ、そうだ。美味《うま》いものでも食いにいくか？」

「師匠はいつも食べ過ぎるので、程々にしてください。それに、大佐にも怒られますよ」

「アビーはうるさいからなぁ……ま、どうにかなるだろ。ははは！」

笑う。

師匠は快活な笑顔を浮かべているので、俺も少しだけ笑みを浮かべる。

アビーさんは大佐になった。

おそらく、今回の戦争で一番昇進したのは彼女だろう。

ハワードの死を経て、大佐はまるで取り憑《つ》かれたように任務に没頭していた。

ハワードがいなくなって、俺たちはバラバラになった。

俺はまた、一人になってしまった。

「レイ」

「何でしょうか？」

「キャロルが心配している。戦いが終わったら、デートにでも行ってやれ」

「ですが」

「お前が今、余裕がないのは分かっている。でもこの戦争が終われば、それもどうにかなる。いやこれ以上は言っても詮ないことだな。すまない」

「……」

顔を背けて空を見上げる。

師匠の横顔を見つめていると、微《かす》かに涙が流れているような気がした。

しかし、すぐに俺に背を向けると、師匠は基地へと戻っていってしまう。

「レイ。お前も早く戻れよ」

「分かりました」

師匠が去って行く背中を俺はじっと見つめ続けていた。

互いに心などとうに壊れている。だからこそ、俺は師匠にもっとかけるべき声があったのではないか。

もっと会話をするべきではないのか。

そんなことを、なんとなく考えてしまう。

星空はいつだって変わらないというのに、俺は変わってしまった。

この先に何があるのか、俺は見届けたいと思う。

たとえ、どんな結末になるとしても。


ついに作戦開始の早朝となった。

今日でやっと俺たちの戦いが終わると思うと、全ての苦労が報われるような気がする。

この極東戦役を経て、俺は完全に迷ってしまっていた。

けれどやるべきことは明確だ。俺の感情など、どうでもいい。

やるべきことはできるだけ多くの敵を屠るだけ。

それだけを続けていれば、いつかこの戦争は終わる。

そして、俺は自分の居場所へと戻ることができる。

自分の居場所……？

居場所。そうだ。

俺の居場所は特殊選抜部隊《アストラル》しかない。

でもう……ハワードはいない。本当に彼のいない場所が、俺の居場所と言ってもいいのか？

なぁハワード。

お前のいない世界で、俺はどうやって生きればいいんだ？

あの時みたいに、笑って過ごせる日が来るのか？

そんなことを考えていると、後ろから足音が二つ聞こえてきた。

「レイちゃん」

「レイ。ついに今日で最後だな」

やってきたのはキャロルと大佐だった。

「レイちゃん。今回の作戦の立案は私がしたけど、無理なら言ってね。ちゃんと比較的安全なところでも戦えるように手配もできるから」

「キャロル。俺は大丈夫だ。最前線で最後まで戦う」

「……うん。気をつけてね」

キャロルは多くは語らなかった。

ニコリと微笑みかけているが、心から笑っているわけではない。

無理をして俺に笑いかけている、そんな印象だった。

「レイ」

次に声をかけてくるのはガーネット大佐だった。

アビー＝ガーネット大佐。

大佐はハワードの死を経験して大きく変わった。

俺と同じで、目の前の戦いに没頭するようになった。

気持ちは分かる。

そうしないと、自分が壊れてしまいそうだから。

「大きくなったな」

「そうですね。昨日の夜、師匠にも同じことを言われましたよ」

「そうか。レイ、改めて覚悟は変わらないんだな？」

「はい。自分は最後まで戦います」

「分かった。これ以上は無粋だろう。頼んだぞ」

「は。了解いたしました」

肩を優しくポンと叩《たた》かれるので、敬礼をして応える。

これ以上の会話はなく、二人の横を通り過ぎて俺は去って行く。

◇

戦況は王国軍がかなり優勢である。師匠が最前線を切り開き、他の兵士たちがそれに続いて流れ込んでいく。

最後の戦いは丘での戦いだった。下には平地が広がっており、敵はちょうど丘の上を陣取っている。地形的には相手の方が有利ではあるが、そこは師匠によって切り開かれていく。

仲間の士気も確実に上がっていく。

このままいけば、勝てる。

そんな意識が全員の中に芽生えはじめた頃だろうか。

この戦場が更なる地獄へと変貌していったのは。

「これは」

「師匠……これは、何なのですか？」

俺と師匠は最前線を走っていた。他の仲間のためにも、全てを切り開くために猛然と戦っていた。

しかし、真後ろで真っ白な光が上がったかと思うと……後ろにいた仲間たち全員が、倒れていた。

呆然《ぼうぜん》として後ろを見つめる。

巨大な光の柱に呑《の》まれていったのは仲間だけではない。

敵の兵士もまた同じ光に包まれると、地面にひれ伏していた。

体は完全に焼け焦げており、苦しんでいる声が聞こえてくる。

そんな時、前方から一人の男と、幼い少年がやってきていた。

雰囲気だけで分かる。

この二人は、只者《ただもの》ではないと。

「あぁ、レイ。やっとだ。やっと会うことができた」

髪は長く、顔の造形は限りなく中性的。

この戦場の中だというのに微笑みを浮かべ、スーツを着ている姿もどこか異質だ。

そんな彼は俺のことを注視している。

師匠のことなど、眼中にないようだった。

どうしてだ。俺は、彼のことを知っている。いや、知っている気がする。

それにあの顔は、俺によく似ている。

「レイ。下がれ」

「師匠。しかし」

師匠が前に出てくる。

俺の姿を隠すようにして、相手のことを睨《にら》み付《つ》けているようだった。

「リディア＝エインズワースですか。あなたはもう、この場所に必要ない。しかし、レイをここまで連れてきてくれたことに対しては、感謝をしましょう」

「お前がやったのか？」

師匠が言葉を投げかける。

「ん？　あぁ。先程の魔法のことでしたら、私です。といっても非常に簡単なものですが」

「お前の仲間たちも死んでいる。無差別攻撃のつもりか？」

「はぁ……分かっていない。本当に、本質を理解していない」

やれやれと言わんばかりに首を横にふる。

「といっても、ただの人間でその領域にたどり着いたのはある種の究極。リディア＝エインズワース。あなたの魂も連れていって差し上げましょう」

「ほう。一体私をどこに連れていってくれるのかな？」

「真理世界《アーカーシャ》ですよ」

師匠たちの会話に気を取られて、そのとき俺は完全に気が付いていなかった。

真横から先程いた少年が俺に近づいてきていることに。

相手は、漆黒の第一質料《プリママテリア》を身に纏《まと》って突撃してきている。

これは知っている。戦場で幾度となく見てきた。

この攻撃は自爆だ。

自分の第一質料《プリママテリア》を最大限に出力させて、相手もろとも跡形も残らないほどに爆発するという極悪な魔術だ。

俺は自分の失態に今更気が付いてしまったが、もう遅かった。

今まで何度も感じてきた、死の感覚を感じる。

だが、その覚悟していた死は、いつまで経《た》ってもやってこなかった。

「……レイ。大丈夫か？」

「師匠……⁉　どうして⁉　どうしてですか？」

「ごほっ……あぁ。どうしてだろうな。勝手に体が動いていたんだ」

俺を抱きかかえるような形で、師匠は蹲《うずくま》っていた。

咄嗟《とっさ》に俺を庇《かば》うために、全身をありったけの第一質料《プリママテリア》で覆ったのだろう。

即死することは互いになかった。

けれど……。

「でも、師匠の腕と足がっ‼」

「……はは。こんなものはどうとでも……なる……さ……」

いくら師匠であったとしても、先程の自爆を完全に防ぐことはできなかった。

左腕は肘から先が弾《はじ》け飛び、右脚は太腿《ふともも》の根元から完全にちぎれていた。

下半身は焼け焦げ、血が止まることはない。

ドクドクと溢《あふ》れ出《で》る血液は、師匠の死が迫っていることを如実に物語っている。

「ふふ。ふははは！　あぁ、分かっていましたよ。この攻撃をこのタイミングで仕掛ければ、必ずリディア＝エインズワースは庇うと。レイ。とても美しい師弟愛じゃないか？」

「あぁ。あっ、あぁ……ッ‼」

こんなところで俺は師匠を失うのか？

治療しているが、間に合うことはないのは分かっている。

分かっているというのに、俺はこの手を止めることはできない。

ハワードの時の記憶が否応《いやおう》なく呼び起こされる。

瞬間。

心の中にある小さな器が弾け飛ぶような感覚を覚えた。

「あ……あぁ……うわあああああアアアアアアッ‼」

「ははは！　レイ、流石《さすが》だ！　お前ならきっとたどり着くことができると思っていた。ああ……愛《いと》しい私の弟よ。この世界の全てを零《ゼロ》に還してくれッ！」

◇

「あああああああああああああああああああああああああアアアアアアアアア！」

叫び声を上げる。

自分自身から溢れ出る第一質料《プリママテリア》を制御することはない。
今まで完全に封じられていた力が、体から溢れ出していくようだった。
周囲の世界は、白く染まっていく。
自分の本質を理解したと思っていたが、まだそれは前段階に過ぎなかった。
そうだ。
俺はずっと自分のことを封じていた。
能力を封じ、記憶を封じ、全てのことから逃避していた。
それは意識してのものではなく、本能的なものだった。
分かっていた。いつか自分がこうなってしまうということは。
それでも、幸せな日々を享受したかった。
ささやかな平和を、みんなと笑い合って過ごす日々が何よりも大切だった。
でも、虚構に過ぎなかった。
俺が向かうべきものはずっと心の内側にあったというのに。
体が変質していく。
髪色は色が抜けるようにして、白髪へと変化していく。
「……師匠」
横たわっている師匠を見つめる。
四肢が弾け飛び、溢れ出る血液が止まることはない。俺は今の自分の状態を分かっていたからこそ、彼女にすっと手をかざす。

するとまるで何事もなかったかのように、手足がもとに戻り血も止まっていく。

完璧に力を使えているわけではないが、なんとか師匠は一命をとりとめる。

「う……ごほっ」

血を吐き出す。

意識は戻っていないが、呼吸が徐々に安定してくる。

「ハハハハ！　アハハハハハハ！　やはりレイ、お前が最高傑作だ！　リディア＝エインズワースなどという偽物ではない！　お前こそがこの世界の到達点なのだ！」

笑っている。

あぁ。知っているとも。

俺は彼との記憶を思い出していた。

名前はアインス。

実の兄であり、幼少期は色々と教えてもらったこともあったが、彼はこの世界の全てを破壊しようとしている。

「兄さん。久しぶりです」

声をかける。

すると、高らかに笑いながら彼は両手を広げる。

「あぁ！　久しぶりだとも！　やっと、やっとだ！　記憶が戻り、力が戻ったレイと出会うことをずっと求めていたんだ！」
彼は歓喜に満ち溢れていた。
この真っ白な世界において、存在しているのは俺たちだけ。
師匠はかろうじて存在を許されており、なんとかこの世界に残ることができている。
真理世界《アーカーシャ》の存在も思い出した。
ここは真理世界《アーカーシャ》そのものではなく、その入り口にあたる場所だ。
どうしてこの極東戦役が行われることになったのか。
その答えは——真理世界《アーカーシャ》に辿《たど》り着《つ》くため。
戦争によって生まれる人々の感情の揺らぎ。
この揺らぎこそが、真理世界《アーカーシャ》到達に必要なものだったのだ。

俺は全てを思い出した。
俺の出身は極東の小さな村である。
そこはずっと平和であり、皆が笑い合っている場所だった。
ただし、この村の人間は、その一族は特殊な存在でもあった。
魔法。
魔術が台頭している中で、俺たちの村の人間は魔法を使うことができた。

コード理論を使用することなく、心的イメージをそのまま具現化できる異能。

魔法は莫大《ばくだい》な威力を持つ異能ではあるが、あまりにも危険なため、ある一人の魔法使いによって魔術という形に変えられていった。

魔術は魔法とは違い、威力は低いものの、多くの人が使用することができた。

そして魔法は淘汰《とうた》され、人々は魔術に適応したとされたが、その中で唯一魔法使いの末《まつ》裔《えい》として生き残っているのが俺たちだった。

とはいえ、その魔法を使って、何かをしようなどということは誰も思っていなかった。

兄が生まれるまでは。

兄は俺のことをずっと連れ回していた。

何事にも好奇心旺盛で、全てのことを突き詰めなければ納得がいかない。

そんな性格だった。

俺たちの村はある日突然、火の海に飲み込まれた。

兄は数人の仲間を引き連れて村を火の海にし、家族ですら殺して行った。

俺はそんな中、両親に逃げるように促されてただ呆然と走り去るしかなかった。

焼け焦げた家に潰されていくみんな。母はなんとか生きていたが、小さな俺が家に押し潰されそうな母を助けることなど不可能だった。

「お母さん！」

喚《わめ》く。

幼いながらにも異常事態は理解できていた。このままでは母が死んでしまう。

周囲は火の海になっており、悲鳴と怒号が聞こえてくる。

「行って！　レイ、お願いだから！」

その瞬間。

俺と母を分断するように、家が崩れていった。その時、母がどうなったのか俺は知らない。でもきっと死んでしまったのだと、思った。

「あぁ……あ……うわああアア！」

それから先のことはよく覚えていない。

ただ夢中になって、走るしかなかった。

そして俺は当時の記憶を封じ、無意識に自分に宿っている能力も封じて師匠たちと出会い、今に至ることになる。


「レイ。この世界をどう思う？」

「どう、とは？」

ふと、兄がそんなことを訊《き》いてくる。

「やはり、世界には根源的な場所が存在する。そこにたどり着けばきっと、世界の全てを理解できるのかもしれない」

「……」

兄の言っていることは、到底理解できるものではなかった。

「レイ。本当はお前も、こちら側に迎え入れるつもりだった。七賢人《セブンセイジ》の最後の席は、お前にこそふさわしい。でも、お前は運良く逃げてしまった。だがついにこの長い因縁も、終わりを迎えることができる。レイを殺して、私は真理世界《アーカーシャ》に辿り着く。お前の全てを零に還す力こそがあれば、この世界の先にたどり着くことができる」

俺という存在は魔法使いの末裔の伝説にある、特殊な存在だった。

曰《いわ》く、一族の中に千年に一人、真理世界《アーカーシャ》に干渉できる魔法使いが生まれるという。

聖人《クロイツ》と呼ばれ、世界を支配する能力を保有しているというものだ。

曰く、全てを零に返し、その先に真理世界《アーカーシャ》という世界があると伝承では言われていた。

ずっと村では大事にされてきた。過保護な親に、村の人たちも俺になぜか尊敬と畏怖の視線を送っていた。

当時はどうして自分のことをそんなに見つめるのだろう、と思っていたが今ならばはっきりと理解できる。

村の人たちは俺が聖人《クロイツ》であることを知っていたのだ。

でもみんな、俺を利用しようなどとは思っていなかった。

平和に、慎《つつ》ましやかに暮らしていくものだと思っていたが、全て兄が壊してしまった。

「どうして家族を、村のみんなを殺したんだ？」

静かな怒り。

ギュッと血が出るほど拳を握りしめる。

すると兄は、まるで理解できないという表情を作る。

「崇高な目的の前に犠牲は付き物だろう？　それに村の連中は魔法使いの末裔でありながら、真理世界《アーカーシャ》に辿り着けることを隠していた。だから断罪しただけ。家族、村の連中の命など、私の目標の糧になるべきだろう？」

このままでは兄は世界を壊し尽くすだろう。自分の好奇心を満たすために、どれだけの人間が犠牲になったとしても関係ないと言い続けるのだろう。

それはダメだ。ここで俺が引導を渡さないといけない。

「兄さん。俺があなたを止めるよ」

「あぁ！　そうだ！　存分に殺し合おう！　私はお前の全てを凌駕《りょうが》して、真理世界《アーカーシャ》に辿り着くのだから！」

笑っている。

今から殺し合いをするというのに、歓喜に満ちて笑っている。

「──対物質《アンチマテリアル》コード、起動《アクティベート》」

「さぁ、レイ！　私を楽しませてくれ！」

溢れ出る漆黒の領域。兄は体全てに暗黒の質料をまとっていた。

それは、魔法を使用するのには不可欠と言われている第零質料《アカシックマテリア》だ。

そもそも魔法とはイメージをそのまま具現化するというものである。そこにコード理論のようなプロセスはなく、圧倒的な速度と圧倒的な力を保有しているのが魔法と呼ばれる現象である。

発動するのは俺の本質に眠っている還元という能力。

これは第一質料《プリママテリア》だけではなく、第零質料《アカシックマテリア》でさえも零に戻すことができる。

俺は、迫りくる漆黒の奔流を全て還元していく。

「ハハハハハハ！　流石だ！　流石はレイだ！　これほどの能力、そしてそれを実行できるだけの処理速度！　やはりお前こそが世界最高傑作だッ！」

自身の血液と第零質料《アカシックマテリア》を媒介として、生み出す幾多もの氷の結晶。パキパキと音を立てながら、真っ赤な氷が周囲に展開されていく。

「──赫氷封印《パンドラ》」

右手に握るのは緋色《ひいろ》の冰剣。

俺は怒濤《どとう》の連続攻撃を仕掛けていく。

兄に攻撃する暇など与えはしない。生み出し続ける緋色の氷が、際限なく襲い続ける。

兄は第零質料《アカシックマテリア》を質料領域《マテリアフィールド》へと変換して俺の攻撃を防ぎ続けているが、防御にも限界は存在する。

徐々に出血し始めているというのに、兄は喜びの声を上げる。

「どうして、そんなにも固執するんだ」

そう言わざるを得なかった。

兄をそこまで駆り立てるものが俺には全く理解できなかった。

「レイ。お前は疑問に思ったことがないのか？　この世界の成り立ちのおかしさについて。どうして、魔法や魔術といった超常現象が存在する？　この世界は、一体何をもってそれらを具現化している？」

「それは……」

そもそも、どうして魔法や魔術というものが使用できるのか。

そんなことを考えたことはなかった。今までそれらは、当然のものとしてこの世界に存在していたから。

「私は、本当の世界を知る必要がある」

兄はさらに、言葉を続ける。

「レイ。どうして理解できない？　この世界は異常なのだ。私は幼い頃から思っていた。どうして魔術が存在する？　どうして魔法が存在する？　超常的な現象が生じているこの世界は、あまりにも異常なのだ」

「思わないし、思えない。それが当たり前の世界で生きてきたから」

「そうだ。それが普通だ。それこそが、当たり前の感覚だ。だが、私はッ！　全てを知りたいッ!!」

両手で自分の体を抱きしめながら、興奮した兄は心の内を曝《さら》け出《だ》す。

「私たちは、超常的な現象によって何に干渉している？　物質、現象、そして概念に干渉する魔術まで生まれ始めた。魔法はさらにその上をいく。知る必要があるのだ。この知的好奇心が止《とど》まることはない。全てを知り、全てを理解して、その上で生きていくッ！　私の人生は、世界の全てを暴くためにあるッ‼　レイ、お前はどうして生きているッ⁉」

自分が生きていくために、他人を犠牲にしてもいいと言う理屈など存在してはいけない。

俺は、今まで死んでいった仲間のためにも、兄を倒さなければならない。

兄は自己の存在証明のために。

俺は仲間のために、大切な人のために戦う。

正しさなど自分で決めるしかない。

自己を肯定するために、俺たちは戦う。

「俺は仲間のために、生きる。これから先も、ずっとそう在《あ》りたいと願っている」

仲間たちの顔が脳内に浮かんでくる。

そうだ。

みんながいたからこそ、俺は人間らしい心を取り戻すことができた。

「他者に自己を委《ゆだ》ねるのかッ⁉　それは弱者の思考だッ！」

「俺は、みんながいたからこそ今も戦うことができる。誰だって弱い。弱いからこそ、支え合って生きていくんだ」

「いいだろう。私はレイを殺して、世界の全てを殺し尽くして自分を証明する。安寧の世界を、私が手に入れるのだッ‼」

溢れ出る漆黒の奔流。

全て第零質料《アカシックマテリア》で構成されている漆黒の領域。

精神に干渉し、俺の心を掌握するつもりなのだろう。

「ああああアアアアアアアアッ‼」

頭を押さえながら兄は奇声を発する。

溢れ出る第零質料《アカシックマテリア》が止まることはない。

「レイッ！　私は絶対にお前を手に入れて、世界の真理にたどり着く‼」

たとえ第零質料《アカシックマテリア》でさえも対物質《アンチマテリアル》コードは存在している。

この世界に存在している物質だけではない。

真理世界《アーカーシャ》には物質《マテリアル》コードと対物質《アンチマテリアル》コードの二つが存在し、この世界にも反映されているのだ。

生み出すものと、還るものが同時に存在している。

それがもしかすると世界の本質なのかもしれない。

「兄さん。全ての因縁に――決着をつけよう」

どれだけの魔法であっても、もう俺に届くことはない。

俺は全てを零に還す存在。

あらゆる現象、物質を逆転させ、元の状態に戻すことが聖人《クロイツ》として与えられた能力だった。

「レイイイイッ！」

襲いかかる暗黒の世界。

呑まれてしまえば終わりであるが、還元の能力を手にしている俺は全てを元の状態へと戻していく。

右手をゆっくりとかざす。

対象にするべき座標を確定させ、構成している第零質料《アカシックマテリア》の流れを把握。

今の俺は、見るだけでこの世界の全てを知覚することができる。

そして、自分の根源とも呼ぶべき魔法を発動した。

「──原点還元《オリジンレストレーション》」

瞬間。

暗黒に支配されていた世界は徐々に純白へと染まっていく。

いや、それだけではない。

純白の世界はさらに戻っていき、俺たちはあの戦場へと戻ってきていた。

周囲は悲鳴と怒号で満ちていた。

世界はただただ、黒と赤に支配されていた。

現実に戻ってきた俺は、目の前で倒れ込んでいる兄のもとへとゆっくりと歩みを進めていく。

歩みを進めていくたびにパラパラと粒子が舞っていく。

それと同時に、体からはヒビが入ったような跡が発生し出血する。

両目からも血が溢れ出し、視界は赤く染まっている。おそらくは自分の限界を超えた能力を使ったため、自壊《じかい》が始まっているのだろう。

脳内にある魔術領域も、焼けつくような感覚を覚える。

おそらくは、魔術領域暴走《オーバーヒート》が始まっている。

「兄さん」

地面に伏せている兄は俺よりも状態が酷《ひど》かった。

俺とは桁違いに自壊が進んでいる。

実の兄が死に直面しているというのに、俺は冷静なままだった。

「レ……イ……」

ヒューヒューと鳴る喉をなんとか震わせながら、兄は俺の名前を呼んだ。

「兄さん。もう、終わりにしよう」

「やはり……私は、届くことが。なかった……の……か」

だらりと手を伸ばし、ごほっと声を漏らすたびに出血が増していく。もう助かることはない。

兄は全てを求め、あらゆるものを犠牲にしてたどり着いた結末が、ここだった。

「あぁ。でもそうか、私は、今……安心している」

「安心？」

どうしてもうすぐ死ぬというのに、安心などしているのだろうか。

すると兄は思いがけないことを口にする。

「もう、何にも怯《おび》えなくても……いい。死は救いにも……なり得るの……だ。全てを求め、世界を知ろうとした……が、その一方で私は、この結末にも……満足している……」

「死は救いになると？」

「そうだ。全てを知りたいと同時に、私は死も許容していた……お前に殺されるのならば……本望だ」

俺を殺して真理世界《アーカーシャ》に辿り着くのか、または俺に殺されることで全てを終えるのか。

兄にとって今回の戦いはどちらでもよかったと言うことか。

本当にズルい人だ。

そっと兄のそばに膝をつく。

すると彼は、俺の頬に血塗《ちまみ》れの手を伸ばしてきた。

「さらばだ、レイ……先に、逝《い》っている」

俺の頬から兄の血が流れていく。

だらりと手が下がる。

脈拍は停止し、瞳孔は完全に散大している。

俺は手をかざすと兄の瞼《まぶた》を下ろした。

全てが終わりを告げた。

もうこれ以上、戦禍が広がることはない。

終わった。終わったと言うのに、安堵感も達成感も何もなかった。

ふと立ち上がって後ろを振り返る。

至る所で紅蓮《ぐれん》の炎《ほのお》が燃え上がる。

さらに地面には大量の真紅。

その景色にコントラストはない。

灼《や》けるような紅蓮だけが、世界を侵食していた。

幾多もの屍《しかばね》の上に立っていなければ、この光景は単純に美しく、どこか神秘的なまでに感じられる。

そう思ってしまうほどに、幻想的で禍々《まがまが》しい光景だった。

地獄のような戦場は終わりを迎えた。

俺たちに数多くの傷痕を残して――。

◇

夢。

夢を見ている気がする。

俺は全てをやり切ることができたのだろうか。

幾多もの死を見てきた。

血に塗れ、あらゆるものを犠牲にして戦い続けてきた。

戦場で散っていく仲間は数多く見てきた。

昨日まで隣で笑い合っていたというのに、次の日にはいなくなってしまう。そんな日々を送ってきた。

最後には、兄と戦うことになった。

俺たちはどこまで行っても平行線で、殺し合うことしかできなかった。

どうして俺は、殺すことしかできなかったのだろうか。

もっとできることがあったのではないだろうか。

そんな後悔を、どうしてもしてしまう。

光が見える。

上からの光をスッと見上げると、自分の体も上へ浮いていく。

俺はこれから、どうやって生きていけば――いいのだろう。


「……」

目が覚めた。

パチリと目を開くとまずは天井が目に入った。

いつも見ている紅蓮の空ではなく、真っ白な天井だった。

それに消毒液の匂いもする。

そうか。俺は確かあの後、意識を失ったのだった。

自分の能力を全て解放し、兄が構築した世界を還元することで消失させた。

あまりにも大きな力を使ったので、そこで意識を手放したが、どうやら病院に運ばれたようだった。

「……レイちゃん？」

声が聞こえる方に、顔を動かす。

するとそこにはキャロルがいた。

目の下にはかなり濃いくまがある。

それにいつも化粧をしているのに、今は完全にすっぴんだった。

キャロルの化粧をしていない姿は、久しぶりに見たなと思った。

「キャロル。化粧してないのか？」

「レイちゃんッ!!」

ガバッと思い切り抱きついてくる。

痛いほどに抱きしめながら、キャロルは涙を流す。

嗚咽《おえつ》を漏らし、声を上げるキャロルの姿を見て俺は改めて戻ってきたのだと理解する。

「う……ぐすっ……良かったぁ……良かったよぉっ！　レイちゃんもいなくなったら、本当にどうしようかと思ったよっ！」

「あれからどれくらい時間が経った？」

「う……ぐすっ。一ヵ月、経ったよ」

「そんなにか」

一ヵ月。

極東戦役が終了してから、もう一ヵ月も経っているのか。俺としては、それほど長い時間が経過したという感覚はない。

眠って起きたら一ヵ月も経っていたという感じだ。

結局、王国軍が介入してからも戦争は二年間続いた。

極東戦役は、計四年間も続いたことになる。

「レイちゃん。体は大丈夫？」

「ん？　あぁ。痛みはないが」

「？　他に何かあるの？　お医者さんが言うには、命に別状はないって言ってたけど……」

「魔術は、満足に使えないだろうな」

「そんな」

キャロルは顔をハッとさせて、口元に手を持っていく。

「どうやら、魔術領域暴走《オーバーヒート》を起こしているようだ。ただ無意識のうちに固定でそれを抑えていたようだが」

どうやら眠っている間の俺は、自分の能力を無意識の内に抑え込んでいたらしい。

「でももう、レイちゃんは無理しなくていいってことだよね？」

「無理はできないな。おそらくは、使えるようになるとしても年単位の時間が必要になるだろう」

「そっか」

なぜか俺は冷静だった。

今まで魔術を使い、戦い続けてきた。

きっと極東戦役中に力を失っていれば、ショックを受けていたかもしれないが、もう戦争は終わった。

俺が魔術を使えるかどうかなど、些事《さじ》に過ぎないだろう。

それに、魔法も言うまでもなく使うことはできない。

なんとかかろうじて使うことのできる魔術のリソースは、今後は自分の魔術領域暴走《オーバーヒート》を抑え込むために使わなければならないだろう。

「師匠は？」

最後の戦い。

師匠を助けたという記憶だけは残っているが、その先に何があったのかは知らない。俺は思い切ってキャロルに聞いてみることにした。

すると彼女は視線を少しだけ逸《そ》らして、その疑問に答えてくれた。

「……リディアちゃんは、意識がもう戻ってるよ。会話もできるし、元気だよ」

「本当にそうなのか？」

生きているのは本当だし、会話もできるのは本当なのだろうが、キャロルの声音は明らかに弱々しいものだった。

キャロルは再び涙を流す。

「リディアちゃんは……その。下半身が……」

あぁ。

なるほど。

全てを理解してしまった。

最後の自爆をなんとか防ぎ、俺の力によって四肢は繋《つな》ぐことはできた。それでも、傷跡は確かに残っていたのだ。

俺の還元の力も万能ではない。

それを今、嫌というほど思い知ることになってしまった。

「師匠に会いに行く」

体を起こす。

痛みはないので、すぐにベッドから降りようとするがキャロルがそれを止めてくる。

「ダメだよレイちゃん！　まだ安静にしていないとっ！」

「だが」

師匠に会いたかった。

今はただただ謝りたかった。

会って話がしたかった。

でも、キャロルが俺の体を懸命に止めてくる。そんな姿を見て、俺も無理をする事はできなかった。

「分かった。しばらく安静にしている」

「うん。ずっとお世話するからね」

師匠に会う前に、部隊のみんなが見舞いに来てくれた。

みんな元気そうで本当に良かった。

失うものもあったけれど、守ることができたものもあったのだと、思うことができた。

それから数日後。

俺は師匠のもとに向かう。

病院内を歩いていく。

現在は早朝であり、師匠にしては珍しい時間を指定してきたものだと思った。今は時間帯もあって閑散としている。

自分の足音が反響する音だけが聞こえてくる。

「レイです」

「おぉ。入っていいぞ」

ノックをするとすぐに返事が返ってきた。

声色も明るいもので、いつもの師匠のように思えたが、ベッドにいる彼女を見て俺は改めてキャロルに伝えられた現実を知ることになる。

「車椅子、置いてあるんですね」

「あぁ。キャロルに聞いたと思うが、もうこれ無しでは移動できないからな」

「……」

俺は俯《うつむ》くしかなかった。

「どうやらレイに助けてもらったようだが、完全には治らなかったみたいだ。しかし、生きているだけでもありがたいさ。本当にありがとう、レイ」

「そんな、自分は……」

涙が溢れそうになる。

ぐっと堪《こら》えるが、どうしてもポロポロと滴《しずく》が勝手に溢れてしまうのを止めることはできなかった。

「レイ」

声が聞こえる。ふと師匠の方を見ると、真剣な顔つきをしていた。

「師匠」

「ちょっとこっちに来い」

「はい」

近寄っていくと、師匠は俺のことを強く、とても強く抱きしめてくれた。

「私はお前が生きてくれているだけで、それだけでいいんだ。あの時の選択は間違ってなどいない。それだけは、断言できる。レイがこうして生きてくれているだけで、私は十分に幸せだ」

「うっ……師匠、自分は……そんな」

「だから、ありがとう。お前が生きて、私もこうしてレイの熱を、温かさを感じ取る事ができる。それだけで十分過ぎる。下半身が動かないことなど些細《ささい》なことだ」

「うっ……ぐすっ。自分も、師匠が生きてくれていてよかったです」

とうに涙など涸《か》れ果てたものだと思っていた。

しかし、師匠の胸に抱かれながら俺は涙を流し続けた。
今まで溜《た》まっていた全てを吐き出すような感覚だった。
ずっと我慢をしてきた。自分の心を押し殺してきた。
それが、自分の為《な》すべきことだったから。
仲間の死を嘆く暇などない。
そんな時間があるなら、前に進む必要があったからだ。
でも、もう前に進む必要はない。
仲間の死を嘆いてもいい。
その死を悼《いた》んでもいい。
よく見ると、師匠も静かに涙を流していた。
しばらくした後、俺は師匠から離れて彼女と向かい合っていた。
「レイ。それで、これからの話だが」
「はい」
これからの話。
今まで一緒に暮らしていた家に戻る話だろうが、俺が師匠のお世話をしていこう。
それこそが、今の俺のこれからのやるべきことだから。
けれど、師匠は全く予想もしていないことを口にするのだった。

「お前は私の姉夫婦の養子になれ。これからはレイ＝ホワイトとして生きていくんだ。もう、私の近くにいるべきじゃない」

「え？」

師匠の言葉を、俺は全く理解できなかった――。

「師匠……それは、どういう意味ですか？」

師匠には姉がいて、その人が結婚して子どもがいる事も話に聞いている。

その子どもは俺よりも一歳年下で、とても愛らしい女の子だという。

師匠も会うたびに可愛《かわい》がっているらしく、俺もいつか顔を合わせるという話もあった。

そんな場所で俺がこれから暮らしていく、ということの意味が分からなかった。

「言葉通りの意味だ。私たちはしばらく近くにいるべきじゃないだろう」

「どうしてですか？　俺は、ずっと師匠のそばにいると、思っていたのに……」

か細い声を漏らす。

師匠と共にいないのならば、俺はこれからどうやって生きていけばいいんだ？

「レイも私も、あの戦争であまりにも多くの死に触れすぎた。それに私の下半身は動かなくなってしまった。レイが私を世話する度、お前は自分の責任だと思い続けるだろう。私がそうではない、と言葉にしてもな」

「それは……」

確かにその通りだった。

「私に対して贖罪《しょくざい》などしなくてもいい。これは私の意思で行動した結果であり、お前の責任ではない。だからこそ、私たちは一度離れて自分自身を見つめ直す必要があるだろう」

完全に納得したわけではない。

でも、確かにそうなのかもしれない。

俺は特殊選抜部隊《アストラル》のメンバーと一緒にいると、否応なく思い出してしまう。

そして、後悔し続ける日々を送るのだろう。

自分がもっと強ければ、自分がもっと活躍できれば、仲間を失う必要もなかったと。

「これから先は、メイドを雇おうと思っている。ちょうど伝手《つて》があってな。それに私も軍を辞めて研究者として生きていくつもりだ」

「研究者、ですか？」

「あぁ。お前がレポートにまとめたこれを、しっかりと体系化しようと思ってな。これに関しては私も昔から思っていたことだからな」

「そう、ですか」

俺は師匠と会う前に、自分の体験したことや新しい魔術などに関してレポートにまとめて提出していた。

おそらく師匠が言及しているのは、対物質《アンチマテリアル》コードのことだろう。

この世界に存在している物質や現象には、物質《マテリアル》コードだけではなく対物質《アンチマテリアル》コードが潜在化している。

その事実を発見した俺は、一応何かの役に立つかもしれないと思って、そのことをレポートにしてまとめておいたのだ。

「レイ」

凛《りん》とした声が耳に入る。

「別にずっと会えないわけじゃない。私も定期的に、会いにいくさ」

「はい」

「これが今生《こんじょう》の別れではないし、私たちにはこれから歩んでいく人生がある」

「はい」

「自分の未来をどうやって生きていくのか、それをゆっくりと考えるといい」

「分かりました」

ペコリと頭を下げると、俺は病室を後にした。

この形容できない感情にどうやって向き合っていけばいいのか、今の俺には全くと言っていいほど分からなかった。


無事に俺は退院することになった。

師匠はもう少し入院するようだが、退院祝いということで見送りに来てくれていた。

師匠だけではなく、特殊選抜部隊《アストラル》のメンバーもそこには残っている。

いや、特殊選抜部隊《アストラル》というのは正しくないのかもしれない。

特殊選抜部隊《アストラル》は極東戦役が終了したことで、解体されることになった。

軍に残るのはファーレンハイト中佐とデルクのみで、残りのメンバーは退役するらしい。

「レイ。今まで本当にありがとう」

「中佐。自分こそ、大変お世話になりました」

別れを告げる。

俺は今日、このままホワイト家に向かって、これからはそこで暮らすことになっている。

「レイ」

「フロールさん」

中佐の次には、フロールさんが俺の前にやってくる。彼女は手に紙袋を持っており、それを渡してくれる。

「これは？」

「これからの生活に必要なものとお礼よ」

「そんな、自分は」

「いいから。本当は私もあなたの側にいたいけど、こればかりは仕方ないわね」

「いえ。お見送りに来てくれただけでも、十分過ぎるほどです」

改めて握手を交わす。

フロールさんにはとてもお世話になった。

俺が幼い時から必要な常識などは、彼女が率先して教えてくれたからだ。

「あ。中佐と挙式をあげるときは、是非自分も招待してください」

「こほん……だ、誰にそのこと聞いたの？」

有無を言わせない視線だった。

フロールさんが真剣な眼差《まなざ》しで見つめてくるので、正直に話すことにした。

「昨日、デルクに詳細を聞きました」

すると人を殺してしまいそうな視線で、デルクのことを睨みつける。

彼は思わずたじろぐが、すぐに弁明する。

「だ、だってよお！　もうみんな知っているし、めでたいことだろ！　それに、戦争はもう終わったんだ。明るい話題も必要だろ？」

その通りだと思ったようで、フロールさんはデルクを問い詰めることはなかった。

「はぁ。まあ、時間の問題よね。レイ。まだ時期は未定だけど、いつか籍を入れる予定よ。その時は絶対にあなたも招待するから」

「はい。楽しみにしています」

フロールさんはいつものままだったが、中佐は「ははは……バレているとは……」と赤い顔で声を漏らしていた。

「レイ。筋肉、衰えさせるなよ？」

「デルク。当たり前だろ？　魔術は使えなくても、このバルクが衰えることはない。それにきっと、ハワードも生きていたら同じことを言っているさ」

「へへ。違いねぇな！」

デルクとガシッと上腕二頭筋を組み合わせる。

そうだ。

魔術は使えないが、俺にはみんなに貰《もら》った大切なものが残っている。

「レイ。達者でな」

「ガーネット大佐。今まで本当にお世話になりました」

頭を深く下げる。

大佐にも本当にお世話になった。師匠の親友ということもあり、大佐とは接する機会が多かった。

彼女にも色々と多くのものを与えてもらった。

退役後は、アーノルド魔術学院という場所で学院長をするらしい。

「はは。もう、大佐ではないがな」

「そうですね。学院でのお仕事、頑張ってください。月並みな言葉になりますが」

「あぁ。ありがとう」

そして、キャロルが遠慮がちな様子でこちらに近づいてきた。

他の人たちと違って、俺に対して申し訳ないと思っているのが、容易に理解できた。

「……レイちゃん」

「どうした、キャロル。いつもの元気がないな」

「だって。私、レイちゃんのために何もできなかったし……」

俯いて、ポロポロと涙を零《こぼ》し始める。

初めは陽気な変人だと思っていたが、それだけではない。

キャロルは大切な人を心から思いやれるとても優しい人間だ。

仲間が死ぬたびに誰よりも涙を流し、犠牲を少なくするために奔走していたのは知っている。

気丈に振る舞っていたが、優しいキャロルだからこそ無理をしていたのだろう。

極東戦役の時に、自分は何もできないと言っていたが、そんなことはない。

キャロルはいつも俺のことを心配してくれていた。

それだけで十分だった。

「キャロル。もう、泣くなよ」

「う……ぐすっ……だってぇ」

涙だけではなく、鼻水も流れてしまっている。

俺はポケットにあるティッシュを取り出すと、キャロルの鼻にそれを押し付ける。

立場としては逆になるかもしれないが、優しくキャロルの頭を撫《な》でる。

「落ち着いたか？」

「うん」

まだ目は真っ赤だが、少しは落ち着いたようだった。

「キャロル。俺は、まだ自分の進むべき道が分からない。でも、特殊選抜部隊《アストラル》で過ごした日々はかけがえのない時間だった。それだけは間違いない。キャロルとも出会えて、本当に良かった」

「うん。私もとっても楽しかったよ」

「俺も同じだ。それに、一生の別れじゃない。またいつか、キャロルの笑っている綺麗で美しい顔を俺に見せてくれ」

「レイちゃんってば、本当に良《い》い男の子になったね。うん、またいつか会おうね」

「あぁ。では、またいつか」

最後に師匠と向き合う。

車椅子に座っている師匠を見るのは辛《つら》いが、それでも俺は彼女としっかりと向き合う。

「レイ。姉さんは素晴らしい人だ。心配することはない」

「はい。今まで本当にお世話になりました。師匠にはかけがえのないものを貰いました。ありがとうございました」

頭を下げる。

すると、師匠は優しく俺の頭を撫でてくれた。

「大きくなったな。もう、レイを見上げる事が普通になってしまった」

「そうですね。時間が経つのは、早いものです」

「また近いうちに会いに行く。元気でな」

「はい。それでは、失礼します」

そうして俺は、改めてみんなに別れを告げると病院から去っていく。


デルク。

ファーレンハイト中佐。

フロールさん。

ガーネット大佐。

キャロル。

師匠。

そして、ハワード。


俺はたくさんの大切な人と別れることになった。

しかしこれは、決して悲観するものではない。

これからの自分の人生を、自分で見つけるためにも俺は——。

第七章　旅路

完全に一人だけの時間というものは、なんだか新鮮だった。
師匠たちと出会ってからは、周りには大人たちがいた。
いつもずっと側にいてくれたが、今は一人になってしまった。
俺はもらった地図を見つつ、ホワイト家を目指していた。
馬車から降りると、田舎道を進んでいく。
左右を見渡すと、大きな畑のようなものが広がっていた。
今はちょうど春前ということで、芽が出ていない花も多いようだ。
澄んだ空気に、真っ青な空。
微《かす》かに漂っている白い雲を見つめる。
こんな綺麗《きれい》な空をはっきりと見たのはいつ以来だろうか。
「行くか」
ボソリと呟《つぶや》いて、リュックを背負い直す。
俺はついにホワイト家の前に辿《たど》り着《つ》く。
白を基調とした建物であり二階建てではあるが、かなりの大きさである。
「すみません」

ノックをする。するとすぐに扉は開いた。

出てきたのは、師匠にそっくりな女性だった。

金髪碧眼《へきがん》に加えて、女性にしては身長が高い。

さらさらと流れる金色の髪は、師匠のものとそっくりだった。

一目見ただけで分かる。

彼女こそが、師匠の姉であるサーシャ＝ホワイト。

書類の上では、既に俺の母親となっている人だ。

「あらあら。よく来てくれたわね」

「いえ。歩くのは苦にしませんので」

「そう。リディアから話は聞いているわ」

「はい。これからよろしくお願いいたします」

頭を深く下げる。

俺の存在はホワイト家にとって異質な存在である。だから礼節を弁《わきま》えるべきだ。家族の邪魔をしないように、ひっそりと過ごさせてもらおう。

時が過ぎれば、俺はどこかで一人暮らしでもしようと思っている。

「おぉ！　やって来たのか！」

もう一人、奥から男性がやってくる。茶色の髪をしており、見た目も若く見える。

とても人の良さそうな笑みを浮かべていた。話し方や挙動、声色からとても快活な人であると察した。

「レイと申します」

「ルーサー＝ホワイトだ。君の話はよく聞いているよ」

「これからよろしくお願いいたします」

彼にもまた、丁寧に頭を下げる。顔を上げると、二人とも困ったような顔をしていた。

俺の対応に何か問題でもあったのだろうか？

「レイ。少しいいかしら」

「はい」

サーシャさんはじっと俺の瞳を見つめてくる。

「私たちはもう家族なの」

「はい。理解しています」

「いいえ。あなたは分かっていないわ。リディアに聞いた通りね」

「どういう意味でしょうか？」

「それはこれから、一緒に探していきましょう」

「あぁ。その通りだ。レイ。僕たちは、家族なんだ。いやこれから本当の家族になっていこう。君の事情は知っている。だからこそこの家でゆっくりと休んでほしい」

「はい。分かりました」

この場では理解を示しておくが、俺には分からなかった。

そもそも、どうして俺なんかを引き取ろうとしたのだろうか。

いくら師匠の頼みとは言え、断る選択肢もあったはずというのに。

この手は血に塗《まみ》れている。戦場で数多くの命をこの手で奪ってきた。

そんな子どもを家に置こうとすることが、俺には全く理解できなかった。

室内に案内されると、一房だけ揺れている栗色《くりいろ》の髪が扉からはみ出しているのが見えた。

「ステラ。今日からあなたのお兄ちゃんになる人よ。お話ししたでしょ？」

「う、うん」

俺よりも一歳年下という女の子。

名前はステラ＝ホワイトと聞いている。

艶々とした栗色の髪に、ぱっちりと開いた目に高い鼻。

将来はきっと、美人になるのだろうと思わせるほどの綺麗な容姿だ。

どうやら俺に対して驚いているのか、それとも恐怖しているのか、視線を俺と合わせることはない。

これが普通の反応だろうと思って、俺はなんだか落ち着いていた。

「え……っと。ステラ＝ホワイトです」

「レイだ。これからよろしく頼む」

スッと握手を求めるが、ビクッと体を揺らしてからおずおずと手を伸ばしてくる。

とても小さくて薄い手だった。

一歳年下の女の子ということを考慮しても、体は小さい気がする。

彼女はアーノルド魔術学院の初等部に通っているらしく、今は五年生で春から六年生になるという。その情報は頭に入っているので、普通の子どもはこんな感じなのか、と心の中で納得する。

俺はこの時、ホワイト家は師匠に勧められたからやって来た程度の認識しかなかった。

そう思っていたが、俺はこの家でたくさんの大切なものを学んでいくことになる。


ホワイト家でお世話になるようになり、数日が経過した。

サーシャさんとルーサーさんは母と父と呼んでもいいと言ってくれるが、俺はまだその言葉をはっきりと言うことができない。

お二人も、時間はたくさんあるからと言ってくれているが……やはり、俺の存在は邪魔ではないだろうか、とどうしても考えてしまうのだ。

生活自体は慣れて来たもので、四人で食事を取ったりすることを苦に思ったりはしない。

サーシャさんとルーサーさんは、二人ともに王国の中央区にある魔術協会で働いている。

ステラは魔術学院が休みということで、一緒にいる機会が多いのだが。

「じーっ」

「……」

ちょうど正午頃のことである。

いま家には、俺とステラしかいない。

サーシャさんとルーサーさんはいつも通り、仕事に行っている。

俺がこの数日に何をしていたのかというと、日中は主に家事をしている。

サーシャさんには家政婦として迎え入れたわけではない、と苦言を呈されてしまったのだが、好きでやっているのでやらせて欲しいと俺は頼んだ。

師匠のお世話をしていたこともあり、家事のスキルはそれなりにある。

そんなことを話すとサーシャさんは「リディアにきつく言っておくわね」とニコリと微《ほほ》笑《え》んでいた。

その時、俺は背筋がぞくりとしたのをよく覚えている。

流石《さすが》は師匠のお姉さんである。

心の中で彼女は怒らせないでおこうと誓った。

そして、家中を掃除していると、後ろからステラがトコトコとついてくるのだ。じっと半眼で俺のことを見つめてくる。

くるっと翻って彼女の様子を見ると、陰にささっと隠れてしまう。

栗色の髪がはみ出ているのだが、微笑ましい様子だった。

「じーっ」

「ふむ」

もしかして、俺のことを監視しているのだろうか？

確かに両親から急に兄になる人間がやってくると聞かされて、戸惑っているのかもしれない。

やはりここですべきは、対話だろう。

俺は無害な存在であり、ホワイト家に害をなす存在ではないと知ってもらえればステラも安心するのではないだろうか。

そう思って彼女の方へ近づいてみる。

「……！」

驚いたのか、体全体を隠しているが、俺はそれでも彼女の方へと歩みを進める。膝を曲げて彼女の視線に合わせると、声をかけてみることにした。

「俺に何か用があるのか？」

「あ、えと」

もじもじとして、目を合わせてはくれない。

じっと床を見つめながら、忙《せわ》しなく髪の毛を触っている。

「急に知らない人間が来て驚くのも無理はない。ただ、俺はこのホワイト家に害を及ぼす存在でないことは、分かって欲しい」

「が、がいをおよぼす？」

ポカンとした表情を浮かべる。

む……自分よりも年下の人間と接したことがないので、距離感がうまく摑《つか》めない。

言葉遣いもしかして、難しかったのかもしれない。

「悪いことをするつもりはない、ということだ」

「う、うん」

話はそこで途切れてしまう。

一歳年下の女の子が好むような話題を俺は知らない。

ずっと大人たちがいる環境で育って来た俺は、同世代の人間とコミュニケーションを取る機会などなかった。

ここでどのような選択肢を取るのが最善なのか、俺には分からなかった。

その後は掃除を続けて、洗濯物を洗ってから一気に干す。

家事を一通り進めている間も、ステラはトコトコと俺の後ろをつけてくる。

俺の言葉を信じず、監視を続けているとも考えることができるが、そんな感じでもないような。

「まぁ！　全部レイが作ったの⁉」

「おぉ！　これは美味《おい》しそうだな！」

「ごくり」

今日はサーシャさんの帰りが遅くなるということで、俺が夕食を作ることになった。

無理はしなくてもいい、と言われているが別に家事全般が好きなので何の問題もない。

家には色々と材料があったのでビーフシチューを作ってみた。

それにパンも自分で作ってみた。

時間があったのでちょうど良かった。

その他、野菜の付け合わせなども用意してある。

自分でもすでに味見をしているが、かなり美味しくできたと思う。

「お、美味しいわ！」

「こ、これはっ！　母さんの作ったものより美味《うま》いんじゃないかっ⁉」

ルーサーさんの顔が歪《ゆが》む。

俺から死角になっているが、きっと太腿《ふともも》をつねられたに違いない。

俺はそんな様子を見て、笑いを浮かべながらも感謝の言葉を述べていた。

「ありがとうございます」

ステラはといえば、一心不乱に食事を進めていた。

特に言葉を発することなく、黙々と食べていたのだ。

「おかわりっ！」

元気な声が室内に響き渡る。

大人しめの女の子と思っていたが、今はとても快活な笑顔を浮かべている。

もしかして、俺がいることで萎縮していたのかもしれない。

「あぁ。すぐに持ってこよう」

量は多めに作ってあるので、俺はすぐに彼女の皿を取ると追加のビーフシチューを入れていく。

ステラも我に返ったのか、恥ずかしいのか小さな声で「……ありがとう」と言ってくれた。

俺だけではなく、サーシャさんもルーサーさんも彼女のことを微笑ましく見つめるのだった。

ホワイト家での日常は概《おおむ》ね平和に進んでいるが、この心の奥に宿る闇は決して晴れることはない。


次の日もその次の日もステラは俺の後ろをトコトコとついてくる。

もはや日課になりつつあった。

後ろをチラッと見ると、慌てて陰に隠れてしまう。

友達もいるだろうに、遊びに行かないのかと思ってそのことを尋ねてみる。

「ステラ」

「っ！」

ビクッと体を震わせ、俺のことをチラッと見てくる。

前までは視線をこちらに向けてもくれなかったので、少しは進歩しているのかもしれない。

「せっかくの長期休暇だろう？　友達と遊びに行ってもいいんだぞ？　家には俺がいるから」

「あ、えっと。その……」

彼女が俺に対して何か言いたいのだとわかったのは、ここ数日の話だ。

監視をしているわけではなく、話しかける機会を窺《うかが》っているのは何となく察した。

ただ、このままでは埒《らち》が明かないということで俺から促してみることにした。

するとステラはギュッと服の裾を握ると、バッと顔をあげた。

「あ、遊びに行きたいっ！」

「あぁ。行ってくるといい」

「お、おお、お」

「お？」

お、とはどういうことだ？

そう思っているとステラは大きな声を張り上げるのだった。

「お兄ちゃん、と一緒に遊びたいっ！」

胸を打たれるような感覚を覚える。

お兄ちゃんと言ってくれたのもそうだが、ずっと俺と遊びたくて様子を窺っていたのか。

こんな俺を兄と呼んでくれ、遊びたいと言ってくれる。

本当に嬉《うれ》しかった。

「そうか。いいよ。何して遊ぶ?」

ステラは俺の言葉を聞くと、まるで向日葵《ひまわり》のような明るい笑顔を浮かべるのだった。

「森! 森に行きたい!」

「森? そうか……」

あれから色々と調べたのだが、女の子は内向的な遊びなどが好きという情報を得た。

人形遊びやおままごとが好まれる傾向にあると。

が、ステラはどうやら外で遊ぶことの方が好きらしい。

「よし。じゃあ、行くか。俺はジャングルでの経験もある。森に関してはある程度詳しい。期待してくれていいぞ」

「ジャングル……! すごい、すごい!」

その後、ジャングルでの知識を伝えると、ステラはキラキラと目を輝かせながら話を聞いてくれた。

これを機に、俺たちはグッと距離感が近くなった。

「お兄ちゃん! 一緒にお風呂はいろっ!」

「あぁ。行こうか」

「うん！」

あれから一年が経過した。

俺は十三歳になった。

俺とステラはもはや本当の兄妹《きょうだい》以上に仲良くなっていると言っても過言ではないだろう。

いつもどこに行く時も一緒で、サーシャさんとルーサーさんには温かい目で見つめられている。

その中で、サーシャさんが「うふふ。このままいけば……」と怪しそうな声音で何かを呟いていたのだが、その真相は謎である。

「ふぅ～。気持ちいいねぇ」

「そうだな」

一緒に浴槽に入る。

ステラは俺の膝の上に座って、ゆったりとしている。俺はそんな彼女の頭を優しく撫《な》でる。

「今日も疲れたよぉ」

「よく頑張ったな」

「うんっ！」

ステラはこの一年間、俺に魔術の稽古をつけてほしいということで色々と教えている。

魔術の使い方だけではなく、森での過ごし方や戦い方なども。

今は特に何もすることはないので、主に家事とステラに教えることに時間のほとんどを費やしている。

俺が誰かにものを教える日が来るなんて、夢にも思っていなかった。

今まではずっと、俺は教えてもらう立場だったから。

もしかしたら、師匠もこんな気持ちだったのかもしれないな。

師匠とはこの一年会っていない。

手紙でのやりとりはしているのだが、直接会ってはいない。

手紙では元気にやっていると書いてあるし、新しくメイドを雇って身の回りのお世話はその人にやってもらっているらしい。

だが、明日やっと師匠と会うことができる。

新居を構えている彼女の家に向かう予定だ。

「お兄ちゃん！　一緒に寝よっ！」

「あぁ。いいよ」

ステラと一緒にお風呂に入って、一緒に寝る。

これもいつものルーティーンの一つだ。

俺の部屋にトコトコとやってくると、ベッドに入る。

そして、俺の体をギュッと抱きしめながら眠りに入る。

「お兄ちゃん」

「ん？　どうした？」

「明日。リディアさんのところに行くんだよね」

「そうだが」

「気をつけてね」

「あぁ。大丈夫だよ。ちゃんと帰ってくるから」

よしよしと頭を撫でる。

すると、ニコリと笑みを浮かべた後にスヤスヤと寝息を立て始めた。

ステラのそんな様子を微笑ましく見つめながら、俺もまた眠りにつくのだった。

◇

翌日。

俺は早速、師匠の家に向かうことに。前回の手紙のやり取りで地図はもらっているので、それをもとにして進んでいく。

かなり距離があり、馬車での移動を複数回してから、徒歩で向かう形になるだろう。

こうして外に出てくるのは久しぶりである。

この一年は、一人で長距離を移動することなどなかったからな。

師匠の家があるという森の前にたどり着いた。

緑が生い茂っており、微かに木漏れ日が差し込んでいる。

その中を俺は迷わず進んでいく。

師匠は元気にしているだろうか。どんな生活を送っているのだろうか。

会った時、どんな顔をして話せばいいのだろうか。

そんなことばかりを考えてしまう。

「ここか」

たどり着いた。

大きな洋館だった。

ここで師匠とメイドの人が一緒に暮らしているらしいが、二人で暮らしているにしてはかなり大きい。

ノックをする。時間通りにやって来たので、すぐに出てくると思うが。

「レイ＝ホワイトです」

と、言葉を発した瞬間。

扉がギィイイと音を立てて開いた。

「お初にお目にかかります。カーラ＝ヘイルと申します」

出てきたのはメイド服を着た女性だった。

真っ黒な長い髪を三つ編みにして、後ろでまとめていた。

限りなく無表情であり、俺のことをじっと見つめている。

「レイ様。お話は伺っております。主人のもとへ案内します」

「ありがとうございます」

カーラさんに案内されて俺は室内へと進んでいく。外観はかなり年季の入っている感じだが、中はしっかりと綺麗である。

そして、俺は一年ぶりに師匠と会うことに。

「レイ！　元気にしていたか！」

軽く靡《なび》く髪。

師匠の腰まであった長い金色の髪は、肩下にまで短くなっていた。

それに表情もどこか晴れやかだ。

最後に会った時とは、印象がだいぶ違う。

「師匠。はい。元気にしていましたよ」

「姉さんに話は聞いていたが、ステラとは仲良くなったようだな」

「そうですね。いつも一緒にいます」

「ははは。それはよかった」

「髪、切ったんですね」

「あぁ」

師匠はそっと自分の髪に触れる。

「短くしたよ。心機一転ってやつか？」

「そうですか。とてもよくお似合いだと思います」

「お、そうか？」

「はい。髪が短いと、まるでお淑《しと》やかで清楚《せいそ》に見えますね」

「あ？　まるで、ってなんだ？」

背筋が凍りつく感覚を覚える。

師匠はギロッと殺意のこもった視線で俺のことを睨《にら》んでくる。

「い、いえ。とてもお綺麗ですよ？」

「だよなー。そうだよなー！」

「あはは」

愛想笑いを浮かべる。

師匠は変わった。

以前よりもとても明るくなったような気がする。

「脚、どうなんですか？」

「ん？　まぁ、変わらず動かないが、大丈夫だ。カーラもいるしな」

すると、カーラさんが俺と師匠の分の紅茶を運んで来てくれた。

「どうぞ」

淡々とした雰囲気の彼女だが、師匠は信頼を寄せているようだった。

「レイは姉さんの家で元気にやっているのか？」

「えぇ。実は――」

俺はこの一年であった出来事を全て師匠に話す。

すると、師匠は徐々に顔をしかめていく。何か悪いことでも言ってしまったのだろうか？

「なぁレイ」

「なんでしょうか」

「ちょっと、ステラと距離が近くないか？」

俺としては、当たり前の兄妹としての距離感で接しているつもりだが。

「距離が近い……ですか？」

「まぁ、いいだろう。あくまで兄妹としての節度を保て」

「？　はい」

ピンとこないが、頷《うなず》いておいた。

ということで、そのあとは一緒に食事を取って俺は帰ることになった。

「レイ。泊まってもいいんだぞ？」

「いえ。今日は帰ります。馬車もギリギリ間に合うと思いますので」

「そうか。また、元気な姿を見せてくれ」

「はい。それでは失礼します」

師匠の家を後にする。すでに夕暮れ時は過ぎて、外は真っ暗になっていた。馬車の時間もギリギリになってしまうので、俺は走って森の外へと出ていこうとしていた。

そんな時だった。

銀色の髪をした少女が手足を縛られて、口には縄を噛《か》まされていた。

意識はあるのか、瞳にはまだ力があるような気がした。

周りには黒のローブを着た男が何人もおり、何かを話しているようだった。

「んーっ！」

彼女と目が合った。

俺は捕らわれている少女を助けるために、行動を起こす。

少女の浮世離れした容姿からして、貴族のお嬢様といったところだろうか。

ローブを羽織っている人間は全部で五人。

武力行使も辞さないと考えた俺は、相手の懐に潜り込むようにして疾走していく。

「なんだ⁉」

「追手か⁉」

「いや、さっき撒《ま》いただろっ！」

「なら、こいつは誰なんだよっ！」

俺の存在に気がついたようでそれぞれが慌て始める。

会話の内容から分かったが、俺の推測は当たっていたようだ。

「こいつッ！」

相手は魔術を使用して攻撃してきた。

特殊選抜部隊《アストラル》にいた時もあったが、貴族の令嬢などをさらって高値で売りつける人身売買などは、裏で非合法に行われている。

すでに人身売買の巨大組織は壊滅したと聞いていたが、その残党かもしれない。

「――遅いな」

相手の攻撃を避《よ》けることなど造作もなかった。

見ただけではっきりと分かる。

相手と俺の間に存在する、絶対的な実力の差というものを。

あの極東戦役の経験は伊達《だて》ではなく、魔術を使わずとも相手を圧倒するのは容易だった。

「ぐっ！」

まずは一人。

鳩尾《みぞおち》に拳を叩《たた》き込《こ》んで、意識を刈り取る。

それを見て俺が普通ではないことを理解したようだが、もう遅い。

魔術の発動は高速魔術《クイック》であっても、この程度の魔術師ならば一秒以上かかるだろう。

一秒あれば十分だ。

俺は相手の間を縫うようにして移動すると、一瞬で意識を刈り取っていく。

「ふう。こんなものか」

戦闘を終えて、俺は震えている少女のもとへと近づいていく。

「大丈夫ですか？」

彼女を縛っている縄を相手が持っていたナイフで切り裂く。

「怖かったっ！　ありがとう、本当にありがとうございますっ！」

少女を解放した瞬間、思い切り抱きつかれる。

静かに涙を流しながら、俺のことをギュッと抱きしめてくる。

怖い思いをしたのだろう。

幸いなことに、外傷はないようだった。

「大丈夫です。自分がついていますので」

優しく背中をさする。

嗚咽《おえつ》も止まったところで、彼女の名前を聞くことにした。

「申し遅れました。ボク……じゃない。私は、オリヴィア＝アーノルド第二王女。この度は窮地を救っていただき、本当にありがとうございました」

「お、王女さま？」

「この度は本当にありがとうございました。感謝状に金一封。ぜひとも、お受け取りいただきたいのですが」

「いえ、自分はそんな」

俺は今、王城にいる。

謝礼をどうしても受け取って欲しいと言われているのだが、俺はそれを拒否していた。

それにぜひ、王に謁見して欲しいという話まで出るのだから俺は面食らっている。

最終的に王城の一室で泊めていただくこと、感謝状は受け取って金銭は受け取らないこと、でまとまった。

そんな俺は、オリヴィア王女の私室にいた。

「レイ！　本当にありがとう！　ボクは感激だったよっ！」

「あはは」

オリヴィア王女は俺にぴったりとくっついて離れないのだ。

ギュッと腕を絡ませてきている。

どうやら今話している方が素のようで、とても明るい人だと思った。

「もうねっ！　凄《すご》かったよ！　ギューン！　ビューンって！　レイは物凄《ものすご》く強いんだねっ！」

「えっと。まぁ、そうですね。鍛えてきましたので」

「ふふ。あー、本当にかっこよかったなぁ」

うっとりとした表情で俺の一連の戦いを語るオリヴィア王女。

王女さまということで無下にもできず、愛想笑いを浮かべるしかない。

またあろうことか、彼女は絶対に一緒に寝るといって聞かないのだ。

「だめ？」

「王族の方と同衾《どうきん》するのは、流石にまずいと思いますが」

ステラと一緒に寝るのとは訳が違うのも俺は分かっている。

相手は王女殿下なのだ。

一緒に寝るのは流石にまずいのだが、言うことを聞いてくれそうにない。

「大丈夫！　ボクが良《い》いって言ってるから！」

「そうなのですか？」

「うん。その実は、まだ怖くてさ。震えが止まらないんだ。今日だけで良い。レイが一緒にいてくれると、嬉しいな」

上目遣いでじっと見上げてくる。その揺れている瞳を見て拒否するわけにもいかず、俺は了承することにした。

「ボクはね。よく脱走してたんだ」

二人で横になると、彼女は急に語り始めた。

俺は静かに耳を傾ける。

「王族であることは誇りだけど、窮屈なことも多くてね。それで街に逃げることが多々あったんだけど。おそらく、誘拐犯はそれを知ってボクが一人で街中で歩いているときに襲ってきたんだ」

「そうだったのですか」

「うん。縛られて、何もできなくなった時はどうしようかと思ったよ。でもね。レイが助けてくれた。本当の本当に、レイがあの場所にいてくれて良かった」

ギュッと抱きしめられ、背中に温かさが伝わってくる。

オリヴィア王女の体は、まだ少しだけ震えていた。

俺はその時、少しだけ思った。

奪うばかりの人生だった。

仲間を守るために、必要以上の命を奪ってきたこの手は誰かを助けることはできないのだと。救いなどないのだと思っていた。

でも、誰かのために行動することはできた。

もしかしたら、今までの人生も無駄ではなかったのかもしれない。

「ありがとう。レイ」

感謝の言葉を聞いて思うのは、ハワードの最期の瞬間だ。

あの時も俺は感謝の言葉をもらった。

俺は誰かに感謝されるような存在になることができているのだろうか。

もしそうなら、俺の人生は──。

彼女はさらに強く、抱きついてくる。

しばらくしてから寝息が聞こえてきた。

「……」

オリヴィア王女の方を向いて、垂れている髪の毛にそっと触れる。

女性特有の甘い香りが鼻腔《びこう》を抜ける。

こうして人と触れ合うことも悪くはないと思った。

「寝よう」

俺は彼女の温《ぬく》もりを感じながら、眠りについた。


翌朝。

俺は自宅に戻ることになった。手厚いお見送りをいただき、最後にはオリヴィア王女が俺の方に近寄ってくる。

「レイ。もう行っちゃうの？」

「はい。帰るべき場所が、あるので」

少しだけ間を空ける。そうだ、今の俺には帰るべき場所がある。

自然と出た言葉だが、心から思っていることだった。

みんな待ってくれているに違いない。

「また、会えるかな？」

「そうですね。生きていれば、いつかまた会う日はあるかもしれません」

敢《あ》えて否定はしなかった。

俺が王族と接する機会など今後はないに違いない。

しかし、寂しそうに俯《うつむ》いているオリヴィア王女に真実を告げるのは憚《はばか》られた。

「それでは失礼します」

頭を下げてから、帰路へとつく。

「レイっ！」

大きな声が聞こえたので、振り向いた。

すると自分の頬に温かい感触を覚える。

理解するのに一瞬だけ時間を要したが、どうやら彼女の唇が俺の頬に触れているようだった。

「えっと」

「ふふ。レイはお別れのつもりだけど、絶対にボクはレイとまた会うよ。これは運命だから」

「運命、ですか」

「うん！　だから、バイバイ。またね」

小さく手を振る。

照れているのか顔に朱色が差していた。

またね、という言葉に対して俺はこう答えるのだった。

「はい。では、また」

自分の心の中の空白が、少しだけ埋まったような気がした。


夏がやってきた。

俺たちは家族四人でキャンプをしに来ている。

「わーいっ！　おっきな滝だっ！」

「ステラ。父さんと一緒に、テントを組み立てる約束だろ？」

「あ！　そうだった！」

ステラがトコトコとルーサーさんの方へと歩いていく。俺もそれを手伝おうと思ったが、サーシャさんに肩をトントンと叩かれる。

「レイ。私たちは、枯れ木でも集めましょう？　テントは二人に任せて」

「分かりました」

彼女の後をついていく。

サラサラと流れる長い金色の髪を見ると、否応《いやおう》なく師匠のことを思い出してしまう。

サーシャさんはとても師匠に似ている。

師匠から苛烈さを取り除き、温和な感じを強調すればサーシャさんになると言っても過言ではない。

前を歩いているサーシャさんがくるっと翻る。

「どう？　家族旅行は？」

「そうですね。新鮮でとても楽しいです」

「ちょっと、真面目な話でもしましょうか」

ふと空を見上げる。

木漏れ日が彼女の髪を照らしつける。反射する光はまるで天使の輪のようになっていた。

なんだかその光景は、少しだけ幻想的に思えた。

「リディアからレイの話はたくさん聞いたわ」

「そうなんですか？」

「ええ。あんなに真剣なリディアを見たのは、初めてだった」

「……」

師匠は一体、どんな風に俺のことを伝えたのだろうか。

「家族って難しいわね。こんなにも近くにいるのに、分からないことがたくさんある。夫のことだって、ステラのことだって、まだまだ完璧に理解できない。レイのことだって、私は表面上のことしか知らないわ」

「……」

「だから、教えて欲しいの。あなたが何を感じて、どう思っているのかを」

俺はゆっくりと、今までのことを語り始めた。

「――迷って、彷徨《さまよ》って、いつか自分の場所が見つかるかもしれないと思って、進んできました。でも、自分は結局何も見つけることはできない。師匠に言われるがままに進みましたが、まだ分からない。ホワイト家の家族の邪魔をしているのではないか、そんな不安もありました」

「そう。まだ難しいかもしれない。家族になるって、とても難しい。血が繋《つな》がっているからと言って円満な家庭になる訳じゃない。でもね。だからこそ、理解し合って、家族になろうとするの。私たちは――一人では生きることは、できないから」

あぁ。そうだ。ずっと分かっていた。

俺は、俺たち人間は一人で生きていくことなど出来はしないと。

その言葉をサーシャさんから聞いて、なんだかスッと腑《ふ》に落ちたような気がした。

「呼び方を、変えてもいいですか？」

小さな声だった。その提案をするのは、あまりにも怖かったから。

「ええ。いいわよ、もちろん」

「では、母さんと」

「ええ。あ、敬語も取ってね？」

「それは……いや。分かったよ、母さん」

「うん。これから改めてよろしくね、レイ」

握手を交わす。

師匠がどうして俺のことを遠ざけて、ホワイト家に行くように言ったのか。改めて、分かったような気がした——。

深夜になった。

あれから四人でキャンプを楽しんだ。心も軽くなって、存分に楽しむことができたと思う。

川で魚をとったり、みんなで一緒に泳いだりと色々なことをした。

今日は夜も晴れており、満天の星が広がっていた。

「レイ。寝れないのか？」

「そう、ですね」

やってきたのはルーサーさんだった。

やはり、この旅行は俺のためにしてくれたということが、はっきりと分かった。

「自分のため、ですか？」

「ん？」

「この旅行のことです」

「そうか。サーシャとは話ができたのか」

「はい」

近くにある岩場に腰を下ろすと、ルーサーさんは隣をトントンと叩く素振りを見せてくる。

隣に座れ、ということだろう。

「正直な話、僕は初めは反対していた」

「自分を引き取ること、ですか？」

「そうだ。ステラを授かって、家を買って、仕事をして、これからという時に養子を取ってもお互いに不幸になると思っていたからだ。でも、妻がどうしてもというから了承した」

「理解はできます」

「けど、あの時の自分の判断は間違っていた」

「え？」

顔を上げる。じっと下を向いていたのだが、予想外の言葉が出たからだ。

「僕はレイに会えて良かったと思っている」

「それは、どうして？」

ニカッと笑みを浮かべると、予想しないことを口にした。

「息子が欲しかったんだ。実は、一緒に息子とキャッチボールするのが夢でね」

「それは、関係ある話なのですか？」

「あぁ。君はとても優しい男の子だった。それに、僕たちは共働きだろう？　妻には家でステラのそばにいて欲しいが、僕一人の収入ではどうしようもなくてね。恥ずかしい話だ」

苦笑いを浮かべ、鼻を軽く掻《か》いている姿を見て、初めてルーサー＝ホワイトという人間を知ることができたような気がした。

そうか。こんな風な表情もするのか、と。

「妻は言っていたよ。レイと家族になりたいと。今回の旅行も、レイと話す機会を設けるためだった」

「なんとなく、察してはいました」

「あぁ。レイ。これから教えて欲しい。何が好きで、何が嫌いなのか。まずはそうだな、キャッチボールでもしようか」

なぜか腰の後ろからスッとグローブが出てきた。

ボールもある。まさか、準備していたのだろうか。

「暗いので、夜はできないと思いますが」

「ははは。それもそうだ！」

ルーサーさんは勢いよく立ち上がる。

そして、俺に手を伸ばしてくる。

「サーシャのこと、母さんと呼ぶことにしたんだろう？　なら僕もそうして欲しい」

「父さん、ですか？」

「敬語はいらない」

「同じことを言われました」

「ははは。夫婦だからね。では改めて、よろしくレイ」

「父さん。これからも、よろしく」

握手をする。

形だけなのかもしれない。偽物なのかもしれない。形式的に呼び方を変えただけで、大きく劇的に変わるわけではない。

でも、俺に必要だったのは変わる気持ちだったんだ。

そのことを父さんと母さんに教えてもらった。

心にある空虚さが、また満たされたような――そんな気がした。

◇

「師匠。今日はお話があって伺いました」

「その顔、もしかしてあのことか？」

「お察しの通りです。自分は師匠の跡を正式に継ぎたいと思っています」

旅行から帰ってきた翌日、俺はすぐに師匠のもとへ向かった。

氷剣の魔術師を俺が引き継ぐために、師匠の許可を貰《もら》おうと思ったからだ。

ただし、簡単に許可をもらえるとは思っていない。

「魔術領域暴走《オーバーヒート》はどうする？」

「時間が経《た》てば回復するかと」

「しかし、能力が完全に使える訳じゃないだろう」

「しかし、自分はそれでも氷剣の魔術師として師匠の跡を継ぎたいのです。それが自分のやるべきことだと思います」

じっと師匠が俺の瞳を見つめてくる。

「協会の方からも言われていた。私がこうなってしまった以上、新しい七大魔術師候補を紹介して欲しいとな。それに極東戦役で二人の七大魔術師を失い、その後釜も必要だった」

師匠は軽く紅茶に口をつけながら話を続ける。

「二人の穴埋めは、アビーとキャロルがすることになっている」

「そうだったのですか。初耳です」

「あぁ。まだ公表されていないからな。そして、私の抜けた穴をどうするのかという話がちょうど上がっていた。もちろん、レイのことは頭にあった。魔術領域暴走《オーバーヒート》があるとはいえ、魔術そのものを失ったわけではないからな」

「はい。限定的ならば力は使えるかと」

「そうだな。いや、結果的にお前がこうして自分の意思で求めるのならば、認めるつもりだった。どうやら姉さんのところでうまくやっているようだな」

「そう、ですね。少しずつですが、家族というものが分かってきたような気がする」

「そうか。それは良かった」

笑みを浮かべる。

もう苛烈な師匠の姿はない。とても優しい笑顔を俺に向けてくる。

そして俺は師匠から推薦状を受け取った。

魔術協会の方にも話を通しておいてくれるらしい。

「レイ」

帰る間際。師匠に呼び止められる。

「はい。なんでしょうか」

「七大魔術師になるとはどういうことか。それは、お前自身が見つけていけ」

「はい」

「私の跡を継いでくれるのは素直に嬉しい。でも、これからは自分で考えて生きていくといい」

「分かりました。それでは、失礼します」

ペコリと頭を下げて去っていく。

それから一週間後。

俺は魔術協会に呼び出されることになった。

「ここか……」

魔術協会の存在は知っていたが、こうしてやってくるのは初めてだった。

確か今日は、新しい七大魔術師の顔合わせも兼ねて全員が集合することになっているとか。

目の前にそびえ立つ大きな白い建物に入っていく。

受付で会長に会いたい旨を伝えると、案内されたのは最上階だった。

俺は一人で階段を上がっていくと、そこにはなぜか彼女が立っていた。

「レイ。待っていたよっ！」

「オリヴィア様？　どうしてここに？」

絹のように滑らかな銀色の髪を靡かせ、目を見開いていた。

「七大魔術師が入れ替わる。そこで調印式も兼ねるから、ボクが代理でやってきたんだ。ちょうど暇だったしね」

「なるほど」

「それにしても」

半眼でじーっと見つめてくると思いきや、オリヴィア王女は思い切り右腕に抱きついてきた。

「これって運命でしょっ！」

「えっと」

「ねね。だよね？　ね？」

「いいや、偶然じゃないよ！　それにレイがどうしてあんなにも強かったのか。はっきりとしたよ。新しい氷剣は、レイなんだから！」

「その、偶然かと」

「きょ、恐縮です……」

改めて俺が新しい氷剣になるということの重さを感じ取る。

師匠は獅子奮迅《ししふんじん》の活躍をして、七大魔術師最強と謳《うた》われていた。

その功績を背負うことの大変さを、今更になって痛感する。

「実はレイのことちょっと調べちゃったんだ」

打って変わって雰囲気が落ち着く。

俺の右腕から離れると、オリヴィア王女は後ろに手を組む。

「リディアの弟子だったんだね。それにあの戦争で活躍したことも、聞いたよ」

「はい。その通りです」

毅然《きぜん》とした態度で肯定する。

俺の過去は決してなくなることはない。

そして俺たちは二人で調印式の会場に向かう。

室内に入ると、キャロルとガーネット大佐がいた。

いや、もう大佐ではないか。

二人は俺に気がつくと、軽く微笑みを浮かべた。どうやら、俺が氷剣を継ぐ件は知っているようだ。

俺は机に座っている男性と向かい合う。

彼こそが、この魔術協会の会長なのだろう。

「さて、リディアから話は聞いているが、君がレイ＝ホワイトか」

「はい。レイ＝ホワイトと申します」

「私はグレッグ＝アイムストン。魔術協会の会長をしている。それで、君の経歴は確認した。使用できる魔術もまた、リディアに教えられている」

「そうでしたか」

「正直なところ、私は心配している。たとえ七大魔術師になる能力があっても、君のような子どもに任せてもいいのかと。が、今はそうも言っていられないのが現状だ」

「というと？」

会長は見ている資料から目を離すと、顔の前で両手を組む。

「極東戦役で失われた七大魔術師は早急に補充しなければならない。七大魔術師とは象徴であり、抑止力でもあるからだ」

会長の目つきは、とても真剣なものだった。

「君の場合は、いろいろと特殊な事情もある。存在は公表しないが、それでも七大魔術師としての責任と矜持《きょうじ》を持って欲しい」

「はい」

それからは調印式が執り行われることになった。

それぞれ、新しい七大魔術師になる人間が血判を押していく。

オリヴィア王女もまた、同様に。

無事に書類上の手続きは完了した。

その後、比翼《ひよく》の魔術師であるフランソワーズ＝クレールもやって来たが、「顔を見せに来ただけじゃ！」と言ってすぐに帰ってしまった。

まぁ、挨拶はできたので良かった。

「それでは、新しい七大魔術師として三人を正式に認めよう」

「はい」

「はいはーい！」

「分かりました」

会長の前に、並んで改めてお言葉をいただく。

「キャロラインは幻惑《げんわく》。ガーネットは灼熱《しゃくねつ》。そして、レイ＝ホワイト。君は氷剣を継ぐ形になる」

「はい」

「定期的に召集などはするが、まぁご覧の通りサボりが多くてね。君たちはしっかりと来てくれることを祈るよ」

と、苦笑いを浮かべる会長を見て、なかなか苦労しているのだなと俺は思った。

全員で部屋を出ていくと、ずっと黙っていたオリヴィア王女が右腕にギュッと抱きついてくる。

「レイ！　今日暇⁉」

「特に予定はありませんが」

「やった！　遊びにいこ！　ね？」

別に時間的な余裕はあるので、了承してもいいのだが。

そう思っていると、キャロルがその会話に入ってくる。

「オリヴィア様〜、ダメですよ〜？　この後も、予定がありますよね〜？」

「げ……キャロル。まさか」

「はい。王城にお連れするように、言われていますので」

ニコリと笑みを浮かべるが、目は完全に笑っていない。

キャロルが王族と繋がりがあるのは初めて知ったが、顔はかなり広いからな。おそらくは七大魔術師関連で、何か伝手《つて》のようなものがあるのかもしれない。

「いーやーだー！　レイと遊びたいー！」

「うふふ。だめですよ。レイちゃんとは今日はお別れしてください」

「うわあああああっ！」

キャロルがヒョイっとオリヴィア王女を抱えて、俺たちにウインクを送ってくる。

軽く手を振ってから二人は消えていった。

ここに残されたのは俺と大佐だけだった。

いや、もう大佐ではないのだが、なかなか抜けきらないな。

「レイ。帰るか」

「はい」

「リディアから色々と聞いている」

「そうなのですか？」

「あぁ。あいつもレイのことを心配しているからな」

二人で話をしながら階段を降りていくが、魔術協会の前で別れることになった。

まだ魔術学院の方で仕事が残っているらしい。

「では、私はここで」

「はい。失礼します」

今日は俺が晩ご飯を作る日なので、どうしようかと考えながら歩いていると後ろから大きな声が聞こえてきた。

「レイ！」

振り向くと、大佐が俺に向かって手を振ってくれていた。

彼女なりの激励のようなものなのだろうか。

改めて俺は深く頭を下げる。彼女は満足そうに笑みを浮かべると、俺とは逆方向に進んでいった。

冰剣の魔術師。

今の俺にとってはあまりにも重すぎる称号だ。

しかしいつか、その重さの全てを背負うことができるような人間になることができたらいいと。

そう願った――。

また一年が経過して、新しい春がやってきた。

俺はもう十四歳になっていた。

家族とは上手《うま》くやれていると思う。今となっては、父さんと母さんと呼ぶことに違和感を覚えない。

ステラは中等部に上がり、体も成長期ということで成長しつつあった。胸が大きくならない、と一緒に風呂に入った時に相談を受けたが、きっと大丈夫だと言っておいた。

生活にも慣れてきた。家族とも良い関係を築くことができている。

不満などない。

あるわけがない。

だが、どうしてだろうか。この心にある空虚でがらんどうな空白は、決して埋まること

はない。

そんな時、俺は大切な話があるとのことで師匠に呼び出された。

「春だな」

森の中を歩いていく。

なんだかこの森の景色が懐かしく思える。

「レイです」

「レイ様。ご無沙汰しております。どうぞ、中へ」

カーラさんに案内されるとリビングには師匠がいた。車椅子に座っている姿には未《いま》だに慣れない。

「レイ！　また大きくなったか？」

「どうでしょうか。身長は伸びたかもしれませんが」

笑顔で迎えてくれる。

対面に座ると、カーラさんが二人分の紅茶とパウンドケーキを持ってきてくれた。

「レイ。本題に入る」

「はい」

真剣な表情になる師匠。

どうして彼女が俺をここに呼んだのか。その話を聞くために、俺も気を引き締める。

「レイ。学院に行け」

「学院、ですか？」

提案の意味が分からなかった。

どうして俺が今更、学院などに行く必要があるのか。

「そうだ。この王国にある、アーノルド魔術学院だ」

「学生になれと？」

「そうだ」

「どうして？」

勉学に関していえば、幼少期からの師匠たちの教えもあり、今更学院で学ぶことなどない。

魔術は言うまでもないだろう。

魔術領域暴走《オーバーヒート》があるとはいえ、全く使えないわけではない。

学院に入学する最低基準は超えることはできるだろうが。

そんなことは師匠も分かっている。

だというのに、学院に行けと言ってくる。

「行けばわかる。言葉だけでは、理解できないことだ」

「そう……そうですか」

師匠はふと窓越しに空を見上げると、こう言った。

「レイ。お前はきっと――そこで自分自身を見つめ直すことができるだろう。そこでしか見えない景色がある」

今ひとつ釈然としないまま師匠の言葉を聞いていた俺は、最後に分かりました、と告げてから家に戻った。

諸々《もろもろ》の手続きは師匠がしてくれるらしい。

来年の二月にある入試に備えて、今年一年は勉強するといいとも言われた。

帰宅する途中。

馬車から降りると、幾度となく通った獣道を進んでいく。

もう日も暮れつつあり、星が微かに見える。

今の俺には、師匠の言葉の意味が全く分からなかった――。

入試は無事に突破することができた。一年近く準備する時間があったので、十分すぎるほどだった。

十五歳になった俺は、もうすぐ学生になるらしい。

実感はまだ湧かないが、師匠たちと出会ってから、十年近く経過しようとしていた。

時が過ぎるのは本当に早いと思った。

魔術の試験の方はギリギリだったが、そこは筆記試験でカバーしておいた。

父さんと母さんも、俺が全寮制の魔術学院に入学することを了承してくれた。俺としては、やっと本当の家族になれつつあったのに家を出ることは心苦しかった。

しかし、家族はみんな俺の合格を喜んでくれた。

たとえ離れることになっても、家族であることには変わりはないとそう言ってくれた。

だが、ステラはものすごく不機嫌になっていた。

「ステラ。喜んであげないと」

「そうだぞ。レイが無事に合格したんだから」

「……うん」

俺としては兄冥利に尽きる話なのだが、どうやらステラは俺と離れ離れになることが寂しいらしい。

「お兄ちゃん。合格おめでとう」

「あぁ。ありがとう」

「ぐすっ。本当に行っちゃうの？」

「俺も心苦しいが、行くよ」

「そっか。お兄ちゃん、休みには帰って来てね」

「もちろんだ」

ギュッと小さなステラの体を抱きしめる。

この時は何か予感があった。

確かに俺は空虚な日々を送っていたが、学院に入ることで新しい何かを見つけることができるかもしれないという予感。

その後、師匠に制服姿を披露するととても喜んでくれた。

師匠の笑っている顔を見られて俺も嬉しく思った。

今までの人生、紆余曲折《うよきょくせつ》あった。

数多くのものを与えてもらい、数多くのものを奪ってきた。

でも俺は、自分の意志で決めた。

前に進みたいと、願っていたから。

いつかどこかで、自分の居場所を見つけることができるかもしれないと思っていたから。

入学に際して俺が一般人《オーディナリー》であるということが問題になるかもしれないとガーネット大佐と師匠に言われた。

俺の戸籍自体は師匠に引き取られた時のままで、その時に一般人《オーディナリー》として登録したものが残ってしまっていたらしい。

自分が魔法使いの一族の末裔《まつえい》——という、本当の素性を言うこともできないので、どうしようもないだろう。

貴族至上主義の学院。

そこに飛び込むのは辛《つら》いこともあるかもしれないとも言われたが、別に良かった。

他人にどう思われようとも、俺の存在が変わることなどないから。

「よし」

早朝。

すでに荷物は寮へと送ってあり、あとはこの家を出ていくだけだった。

制服に着替えてからリビングに向かうと、すでに家族のみんなが起きていた。

いつものように朝食を取って、いつものように雑談をする。

そして、玄関へと向かう。

俺はゆっくりと靴紐《くつひも》を結ぶと立ち上がった。

「いいことレイ。つらい時は、無理をしなくてもいいのよ」

「母さん。ありがとう、心配してくれて」

「レイ。色々とあるかもしれない。でもお前にはもう、家族がいる。それは覚えていて欲しい」

「父さんも……ありがとう」

「お兄ちゃん！　来年は私が行くから！　待っててね！」

「もちろんだ」

家族の言葉を受け取って、俺はドアを開ける。

「行ってきます」

この先、どんな出会いがあるのだろうか。
同い年の友人など俺にはいない。
でももしかしたら、これからできるのかもしれない。
ずっと一人で孤独な学生生活を送る可能性もある。
逆に、かけがえのない友人たちがこんな俺にもできるのかもしれない。
可能性は無限大だ。
今はまだ空虚な人間だが、どうせ考えるのならば素晴らしい未来を想像しよう。
自分の居場所が見つかると信じて進んで行こう。
そうして俺は、眩《まばゆ》い光に包まれていく――。

エピローグ May his soul rest in peace.

——ここまで俺が歩んできた道の回想は、ここで終わる。

あれから、俺は無事にアーノルド魔術学院に入学した。

一学期は新しい仲間と出会い、夏休みは魔術剣士競技大会《マギクス・シュバリエ》、二学期の初めには文化祭、終わりには大規模魔術戦《マギクス・ウォー》を経験した。

本当に素晴らしい出会いと経験をしてきた。

そして今——大規模魔術戦《マギクス・ウォー》も終了し、一年生の中での大きな行事はもうない。

だからこそ、行くべき時は今だと思った。

ハワードの墓には極東戦役が終わってから一度だけ行ったきり。

そこから先は、自分の過去に向き合うことが怖いと思ってしまい、行くことができていなかった。

鈍色《にびいろ》の空の中、雨に打たれながら進んでいく。

「ハワード、俺は——」

ボソリと呟《つぶや》く。

なぁ、ハワード。俺は、成長できたのかな。

そんなことをふと、考えてしまう。

墓地に到着し、ハワードの墓へと歩みを進めていると、一人の男性とすれ違った。

会釈をされたので、俺も丁寧に頭を下げる。

長い栗色《くりいろ》の髪を後ろでまとめ、真っ黒なロングコートを羽織っていた。

夜ということもあって顔はよく見えなかったが、どこかで会ったような気もする。

ハワードの墓の前にやってきた。

まずは持ってきた花を置こうとすると、すでに新しい花がそこにあった。

まさか、さっきすれ違った人が置いた花だろうか？

重ねるようにして白い花を飾る。

「ハワード、申し訳ない。ここに来るのに、また長い時間がかかった」

この場所にやってくるのは、約四年ぶりだった。

雨雲が消え、晴れた夜空になる。

月明かりに照らされながら、俺はハワードに語りかける。

「俺、学生になったよ。アーノルド魔術学院の一年生になった。想像できるか？　俺が学生だなんて。戦争で数多くの命を奪った俺に学生になる資格なんてないと、そう思ってたよ」

どうしてだろうか。

ハワードの前だといつもよりも自然に自分の弱さを言葉にすることができた。

「特殊選抜部隊《アストラル》での時間もかけがえのないものだった。みんな大切な仲間だった。もちろん、今もその気持ちに変わりはない。あれから俺は彷徨《さまよ》い続けていたよ。血に塗《まみ》れた俺が、どこにたどり着くのか。自分でも分からなかった。そんな時、師匠にアーノルド魔術学院に行くように言われた」

俺はそれから、学院であったたくさんのことを語った。

目の前に彼がいるなら笑ってくれるに違いない。

なぁ、ハワード。

俺はやっと前に進むことができたよ。

たくさん傷ついて、たくさん泣いて、たくさん後悔した。

生きる理由なんてない。生きることは絶望だと思っていた。

理由なき人生で、人の命を奪うだけの俺の存在は罪だと思っていたよ。

それでも、周りの人のおかげで自分の罪とも向き合える気がしている。

命を奪い続けた俺が何をすべきなのか。

その答えも見つかった気がする。

「フロールさんと大佐は結婚したよ。結婚式は凄《すご》かった。俺もいつか、あんな風に結婚できたらいいなと思うほどには、素晴らしい式だった。でも、笑えるのは、ファーレンハイト大佐はフロールさんの尻にしかれているらしいとか。またその話も、仕入れとくよ」

特殊選抜部隊《アストラル》の話をする。

ハワードはみんなの動向も気にしているだろうから。

「デルクは、エヴィと少しは向き合うことができたらしい。実は今、俺はデルクの息子と同じ寮で暮らしている。人生どうなるか、分かったもんじゃないよな？」

微《かす》かに笑いを浮かべる。

最後に師匠たちの話をすることにした。

「師匠、アビーさん、キャロルは軍を辞めたよ。アビーさんは学院長、キャロルは俺の担任。キャロルは相変わらずうるさいけど、いいやつだよ。たまに俺のことを襲ってくるけどな。師匠も元気にしているよ。豪快な性格は、変わらないけど。アビーさんは、ハワードのことをまだ想《おも》っていると、俺は考えてる。なぁ、ハワードはアビーさんのことをどう思っていたんだ？　俺は恋愛のことがまだよく分からない。そのことをハワードにも教えてもらいたかったな」

語ることは、全て言葉にしたと思う。

俺はふと空を見上げた。

気がつけば、雨は完全に止《や》んでいた。

眩《まばゆ》い星々が煌《きら》めいていた。

昔は星空を楽しむ余裕なんてなかった。

世界の美しさを理解する暇などなかった。

今は、少しだけ、世界の美しさが分かる気がする。

「また来るよ。今度はそうだな。近いうちに。じゃあ、また」

ハワードの墓を後にすると、墓地の入り口に一人の見知った女性が立っていた。

「アメリア？」

「レイ。その、ごめんなさい。ちょっと話があったんだけど、話しかけられる雰囲気じゃなくて……ここまでついて来ちゃった」

「いや、謝ることはない」

気持ちの整理がついた俺は、彼女に自分の過去を語ることにした。

「アメリアには、話しておこう。ここには俺の戦友が眠っている」

「戦友？」

「あぁ。とても優しくて、強くて、勇敢だった仲間だ」

「話してくれるの？」

「もちろん。きっと、ハワードも喜んでくれると思う」

「そう」

アメリアはとても優しく微笑《ほほえ》んだ。

その表情を見て、自分の心臓が高鳴った気がしたが、その本当の意味を俺はまだ知らない。

「ハワードとの出会いは――」

そして、アメリアにハワードとの過去を語っていると、少しだけ涙が浮かんできた。

そんな時、アメリアが微笑みながら手を握ってくれた。

震えている俺の手を、優しく包み込んでくれた。

ハワード。俺にはかけがえのない友人ができたよ。

確かな未来へと、俺たちは進んでいく。

と、その瞬間。

肩に微かな重みを感じた。

トン、と誰かが俺の肩を優しく叩《たた》いた気がしたのだ。

振り返る。

そこには誰もいない。誰もいないが、人の気配を感じたような気がした。

もしかして、ハワードが祝福してくれているのかもしれないな。

「どうしたの？」

「いや、なんでもないさ」

アメリアと共に歩みを進める。

二学期も終わりに近づき、三学期が終われば、ついに俺は二年生になる。

二年生になればステラやマリア、それにオリヴィア王女も入学するという話を聞いている。

きっと、また愉快な日常がやってくるに違いない。

新しい日常に想いを馳《は》せながら、俺はハワードのもとを後にする。

彼からもらった、大切なものを確かに抱いて。

「レイ。これからも、よろしくね？」

「あぁ。こちらこそ、よろしく頼む」

隣にいるアメリアが、笑みをこぼした。

とても美しい、綺麗《きれい》な表情だった。

さぁ、進んでいこう。仲間たちと共に、新しい未来へと。

もう迷いなど、ありはしなかった——。

あとがき

初めましての方は、初めまして。続けてお買い上げいただいている方はお久しぶりです。作者の御子柴奈々《みこしばなな》です。星の数ほどある作品の中から、本作を購入していただきありがとうございます。

さて、五巻はいかがでしたでしょうか？

ついに明らかとなったレイの過去。この過去のストーリーは個人的にも思い入れがあり、無事に書籍化することができてホッとしています。

レイがどのような道を経て、今のレイになったのか。

出会いと別れを繰り返して、彼は前に進むようになりました。

この過去編を読んでから、一巻から振り返ってみると、また違った見方ができて、面白いかもしれません。

これは個人的な話なのですが、登場人物の過去編というものが好きでして。

昔からそうだったので、いつか書きたい！　と思いつつ出す順番を考えており、やっと辿り着くことができました。

こう言うと、これで完結みたいな感じですが、まだ続きますので（笑）。

本音を言うと、他にも挿入したいエピソードはたくさんありました。

キャロルとの話や、アビーとの話。他にも部隊のメンバーとの話など、色々とありましたが、蛇足になると思い苦渋の決断で削ることに。

しかし、レイが部隊のメンバーと過ごしてきた日々をより鮮明に描くには、あまりそのようなエピソードは多くない方がいいと改めて思いました。

まぁ、その……私は書きすぎる癖があるので、そこは色々と調整しました。

実は書くよりも、削る方が苦手だったりしますね（笑）。

ということで、次巻もお楽しみいただければと思います！

ここからは話は変わりますが、前巻のあとがきでウーバーイーツ生活をやめたいと言っていましたが……なんと！　無事にやめることに成功しました！

ここ数ヵ月はずっと自炊をしております。

自制心との闘いでしたが、打ち勝てました！

作家になって思うのは、やはり健康が本当に大事だなと。

体が資本と言いますが、本当にそれを痛感しております。つい数年前までは学生だったので、まだ若いと思っていましたが、やはり徐々に年かもしれない……と感じるようになってきているので（笑）。

今後も健康を保ちつつ、たくさん執筆していこうと思います！

謝辞になります。

梱枝《こりえ》りこ先生。いつも本当に素晴らしいイラストをありがとうございます！

今回もとても素晴らしいものばかりでした！

担当編集の庄司《しょうじ》様には今回もとてもお世話になりました。いつも本当に感謝しております。

また、コミックスの方も何卒よろしくお願いいたします。

五月九日にコミックス第八巻が出ますので！

もう八巻なんて、本当に早いものです。

そして！　なんと！　本作『氷剣の魔術師が世界を統べる』がアニメ化することになりました！　アニメ化ですよ！　アニメ化！

未《いま》だに信じられないというか……自分の作品が書籍化することも夢のようだったのに、まさかアニメとは……。

皆様の応援があってこそ、ここまで来ることができました。

本当にありがとうございます。

詳細な情報は、追って公開されると思いますので、アニメの方もよろしくお願いいたします！

それでは、また次巻でお会いいたしましょう！

二〇二二年　三月　御子柴奈々

あとがき
ツインテールのキャロキャロ
祝！
アニメ化!!!

講談社ラノベ文庫

氷剣《ひょうけん》の魔術師《まじゅつし》が世界《せかい》を統《す》べる5

世界最強《せかいさいきょう》の魔術師《まじゅつし》である少年《しょうねん》は、
魔術学院《まじゅつがくいん》に入学《にゅうがく》する

御子柴奈々《みこしばなな》

2022年 4 月28日第1刷発行
2022年12月 5 日第2刷発行

発行者	森田浩章
発行所	株式会社　講談社 〒112-8001 東京都文京区音羽2-12-21
電話	出版　(03)5395-3715 販売　(03)5395-3608 業務　(03)5395-3603
デザイン	百足屋ユウコ＋石田隆(ムシカゴグラフィクス)
本文データ制作	講談社デジタル製作
印刷所	株式会社ＫＰＳプロダクツ
製本所	株式会社フォーネット社

KODANSHA

ISBN978-4-06-527988-5　N.D.C.913　311p　15㎝
定価はカバーに表示してあります

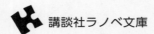